Villa Rosa

Hannes Grabau

Villa Rosa

Aus dem Leben einer Klofrau

Alle Rechte beim Autor
Herstellung: Books on Demand GmbH, Norderstedt
ISBN 3-8311-4913-5

Vorwort Villa Rosa

Seit mehr als 20 Jahren steht Elke Kaufmann auf der schwimmenden Theaterbühne der Batavia und hat unzählige Bühnenrollen gespielt. Nur ihr großer Rollentraum ging lange nicht in Erfüllung: einmal eine Toilettenfrau spielen!

Die Suche nach einem Theaterstück mit einer Abortfrau als Solorolle war nicht von Erfolg gekrönt. Also setzte sich Hannes Grabau, Kapitän und Leiter des Theaterschiffes Batavia, hin und schrieb für Elke Kaufmann die Rolle der Toilettenfrau Anni.

Zuerst entstand die Buchform, später das Theaterstück VILLA ROSA.

Die Vorlage des Ortes der Handlung, eine öffentliche Bedürfnisanstalt, war schnell gefunden. Ein kleines und baulich reizvolles Toilettenhäuschen im Grünen. Es liegt an einer langen, belebten Chaussee in Hamburg, in unmittelbarer Nachbarschaft eines bekannten Nobelrestaurants.

Leider wurde inzwischen das beliebte Abort geschlossen und zu einem Edelkiosk für gehobenes Publikum umgebaut.

Die Klofrau Anni ging in Staatspension und lebt heute auf dem Kiez.

Uraufgeführt wurde VILLA ROSA am 13. September 2003 auf dem Theaterschiff Batavia in Wedel.

Hannes Grabau

Dieser Teil der großen Stadt lag schon ein wenig außerhalb, viel Grün prägte das Bild, und über allem schwebte der Duft vornehmer Vergangenheit. Die schöne, elegante Chaussee verlief hier ein beträchtliches Stück parallel zu dem großen Fluss, nach dem man sie benannt hatte. Auf ihren beiden Seiten standen in gebührlichem Abstand zueinander feine weiße Villen und gediegene Landhäuser, allesamt nobel, niemals jedoch protzig. Das war seit jeher Tradition in dieser Stadt gewesen, und auch die heutigen Bewohner hielten es noch immer so. Die etwas keckeren Häuser lagen ganz nahe an der Straße, die diskreteren zogen es vor, sich halb hinter hohe Mauern zurückzuziehen oder sich hinter dichten Hecken zu verstecken. An einigen der Gebäude hatte der wilde Wein über Jahrzehnte in stiller Emsigkeit seine Ranken emporgeschickt und dadurch den Fassaden einen Ausdruck melancholischer Versonnenheit verliehen. Mancher Betrachter mochte sich vielleicht fragen, was sie ihm wohl mitzuteilen versuchten: Kühle Unnahbarkeit oder die heimliche Sehnsucht nach dem edlen Prinzen, der eine in ihrem Inneren schlummernde Prinzessin durch einen Kuss erlösen würde. Zwischen den Bebauungen reihten sich im Verlaufe der Straße immer wieder großzügig angelegte schattige Parks aneinander, und ebenso häufig gaben die hohen alten Bäume verträumte Ausblicke auf den Fluss frei, auf dem sich viele kleine und große Schiffe dahinbewegten. Die großen von ihnen waren von weit her aus exotischen Ländern mit fern klingenden Namen gekommen. Im Inneren ihrer riesigen Bäuche hatten sie die fremdartigsten und wunderlichsten Dinge mitgebracht, die man sich denken konnte, denn in unserer Stadt wurde eifrig Handel getrieben. Andere hatten schon wieder Ladung für die große weite Welt aufgenommen und fuhren dem Meere entgegen, dessen Nähe man hier schon ahnen konnte. Nicht zu zählen waren die Spaziergänger, die sich dem Reiz dieser Gegend nicht entziehen konnten und hierher strömten; das war zu allen Jahreszeiten so, wobei es auch keine Rolle spielte, ob es ein Sonntag oder ein Wochentag war. Diejenigen Bürger der Stadt, die es sich nicht leisten konnten, hier zu leben - es waren ihrer viele, auch waren die Zeiten nicht rosig - ließen hin und wieder gern einmal im Gespräch fallen, dass es zum *spazieren gehen* hier ja einmalig schön sei, doch *wohnen* tue man ja Gott sei Dank etwas zentraler ... So leicht können Menschen manchmal ihren Seelenfrieden finden, und wenn sie dazu noch etwas Glück haben, dann dürfen sie ihn sogar behalten.

Die schlichte Frau unbestimmbaren Alters, die wie an jedem Morgen an der Haltestelle den Bus verlassen hatte und den Gehsteig entlangkam, war eine von denen, die *kein* Glück hatten. Zu Hause war sie hier ganz offensichtlich nicht, aber eine Ausflüglerin konnte sie beim besten Willen auch nicht sein. Seit Jahr und Tag sah man sie diesen Weg gehen und in immer denselben grauen Wollmantel gewickelt, wie man ihn gelegentlich noch in alten Wochenschauen zu sehen bekommt. Über ihren Nylonstrümpfen trug sie Wollsocken, und die wiederum steckten in halbhohen Schnürschuhen. Kummer und Entbehrungen hatten auf ihrem ehemals hübschen Gesicht deutliche Spuren hinterlassen; darüber konnten auch die lebendigen, warmen Augen nicht hinwegtäuschen. Welten lagen in diesen Augen, wenn sie andere Menschen damit ansah, doch heimlich, wenn sie sich allein glaubte, konnte sich darin aber auch eine herzzerreißende Traurigkeit widerspiegeln. Die Frau war in ihrem Leben weitaus mehr traurig als froh gewesen. Viel Freude hatte ihr das Schicksal bisher nicht beschert, denn immer, wenn es das Leben wirklich einmal für kurze Zeit gut mit ihr gemeint hatte, war es bald darauf wieder mit ihr Schlitten gefahren, so als wolle es ihr beweisen, dass das bisschen Glück, das sie abbekommen hatte, nichts als ein Irrtum gewesen sei, für den sie jetzt auch noch geradezustehen habe. Und jedes Mal war es gleich danach für sie noch viel schlimmer gekommen als sie es sich in ihren schlimmsten Befürchtungen hätte ausmalen können. Nein, zu ihrem Vergnügen war sie wirklich nicht hier, doch sie kam gern, denn hier wartete eine Aufgabe auf sie. Das Leben selbst hatte sie auf einen verantwortungsvollen Platz gestellt, wo sie in aller Stille eine heimliche Prominente der Region geworden war. Zahllose Menschen schätzten sie, suchten und erhielten ihren Rat und konnten sich ein Leben ohne sie nicht mehr vorstellen. Aber so, wie sie jetzt aussah, mit ihrem über die Ohren gezogenen Filzhut, der riesigen abgeschabten Handtasche und den zwei prallen Plastiktüten einer Handelskette, bei der vornehmlich die ärmeren Leute einkauften, nahm kaum jemand Notiz von ihr. Das war auch gar nicht weiter verwunderlich, denn noch war sie nicht aus ihrer Puppe geschlüpft, die allmorgendliche Metamorphose war noch nicht vollzogen. Diese Frau, unterwegs in aller Frühe und bepackt wie ein Maultier, war niemand anderes als Anni, die Klofrau, auf dem Wege zu ihrer Dienststelle.

Das kleine Häuschen, das sie jetzt ansteuerte, war nicht so irgendeine von diesen gewöhnlichen öffentlichen Bedürfnisanstalten, die man nur in äußerst dringenden Notfällen aufsucht, mit abgerissenen Kloschüsseln, verschmierten Wänden, verdreckten Waschbecken und immer ohne Papier, wo zwielichtige Gestalten herumlungern und Leute belästigen, oh nein! Solches gehörte jetzt der Vergangenheit an! Nach dem Tode ihres Ehemannes „Willi", eines Seemanns und Hafenarbeiters, hatte sie sich einen neuen Lebensinhalt und ein kleines Einkommen suchen müssen und daraufhin die Bewirtschaftung dieser öffentlichen Toilettenanlage angeboten bekommen. Schon vor Willis Dahinscheiden hatte die Not als häufiger Gast in der kleinen Arbeiterwohnung am Hafen angeklopft, und so hatte Anni zugegriffen. Trotz aller Zuversicht hatte sie sich dabei nicht träumen lassen, dass damit eine der ungewöhnlichsten Karrieren des ganzen Landes vor ihr liegen würde. Nach der Übernahme durch Anni war das Etablissement rasch etwas ganz Besonderes geworden, etwas Einzigartiges geradezu! Schon wie es sich präsentierte, war unvergleichlich: Erbaut um die Jahrhundertwende von einem der führenden Baumeister der Stadt, wirkte der hübsche kleine Pavillon mit seinen drei Türen, den schönen verzierten Fenstern und seinem kleinen Türmchen auf dem Dache eher wie ein verwunschenes Gartenschlösschen als ein Klosett. In bester Parklage stand es da, umsäumt von Rhododendrensträuchern und dicken, hohen Buchen. Gleich nebenan lag eines der feinsten und teuersten Speiselokale, die es in der Stadt gab. Rund um das Häuschen führte ein geharkter gelber Kiesweg, und es gab auch einen kleinen, gepflegten Rasen, auf dem das Schild „Hunde sind an der Leine zu führen" stand. Ja, alles musste seine Ordnung haben; und für Ordnung hatte Anni schnell gesorgt! Mit ihrem angeborenen Sinn für's

Praktische und zwei Händen, die Arbeit nicht scheuten, hatte sie in ganz kurzer Zeit einen heruntergekommenen Lokus in eine Oase des Verständnisses und der Geborgenheit für bedrängte Menschen des 20. und 21. Jahrhunderts verwandelt. Und auch hierbei war Anni natürlich nichts in den Schoß gefallen! Viel persönliche Hingabe, Menschenkenntnis und nicht zuletzt Unmengen von ATA und IMI waren nötig gewesen, um das Geschäft aufzubauen. Und wenn es die Situation erforderte, sprach sie auch schon einmal ein deutliches Machtwort, das jeden Widerspruch verstummen ließ. So hatte sich allmählich neben der üblichen Laufkundschaft auch ein treues Stammpublikum eingefunden, das Annis Institut nicht nur aufsuchte, um etwas dort zu lassen, sondern fast immer auch, um etwas mitzubekommen. Doch das hieße, einen Teil der Geschichte vorwegzunehmen, darüber also später mehr.

Eines Nachts - es lag nun schon etwas länger zurück - da war etwas Unerhörtes geschehen! Anni hatte ihren Augen nicht getraut, als sie nach ihrem freien Tag zurückgekommen war. Schon von weitem hatte sie den Menschenauflauf sehen können. Die Bewohner der großen Stadt waren aufgeregt herbeigelaufen, hatten ihre Köpfe zusammengesteckt und raunten. Einige schimpften auch, und manche lachten. Was war geschehen? Das bis dahin fäkalfarbene Häuschen war nämlich rosa angestrichen worden! Die Jungs, die in der nahen Autowerkstatt immer an den Chromschlitten der Luden herumschraubten, mussten wohl in der Nacht dem Alkohol reichlich zugesprochen und zufällig einen Topf rosa Farbe übrig gehabt haben. Es war eine Nacht- und Nebelaktion gewesen, die dazu geführt hatte, das Annis

Klo vom Geheimtipp zu einer unübersehbaren Attraktion aufgestiegen war. Von diesem Tage an sprachen die Menschen der Stadt, wenn sie das kleine Klohäuschen meinten, nur noch von „VILLA ROSA". Anni hatte es nicht sehr gestört, sie saß ja drinnen und musste sich das Haus nicht ständig ansehen. Hinzu kam, dass der Streich der Monteure Annis Geschäft nicht nur angekurbelt, sondern es geradezu boomen lassen hatte. Und so verwunderte es niemanden, dass über Nacht aus dem Spottwort „VILLA ROSA" (denn als solches war es ja ursprünglich gedacht gewesen) ein Gütesiegel der ersten Kategorie geworden war. So hatte es seit der neuen Farbgebung immer wieder Tage gegeben, an denen die Brillen gar nicht mehr kalt werden wollten. Anni hatte diese Entwicklung mit zufriedener Gelassenheit hingenommen und gelegentlich vom „Wirtschaftswunder für das kleine und große Geschäft" gesprochen. Materiellen Reichtum würde ihr der Betrieb zwar nicht bringen, aber er florierte! Es kamen Fußgänger von der Straße und Ausflügler vom nahen Fluss und Angestellte der Büro- und Geschäftshäuser in der Nähe. So mancher anhängliche Stammkunde pflegte Annis Geschäftsräume auch ohne ein dringendes menschliches Bedürfnis aufzusuchen, denn für jeden hatte Anni stets ein offenes Ohr und ein gutes Wort parat. Ganz zu schweigen von den unzähligen kleinen Raffinessen und Spezialitäten, die sie feilhielt, damit das Leben leichter oder aufregender sein konnte. Vieles davon gab es nur unter dem Ladentisch! „Kundendienst vor Gesetzestreue" war Annis Devise. Wer wirklich guten Service anbietet, der kann eben nicht dauernd mit dem Gesetzbuch unter dem Arm herumlaufen! Die Damen und Herren Gäste der noblen Restaurants und deren Personal schauten stets herein, um sich zu versorgen. Jeder bekam hier ein völlig neues Gefühl für das Leben vermittelt. Hier, wo sich unter Annis Fürsorglichkeit, ihrer Fachkompetenz und ihrem gut entwickelten Geschäftssinn Notdurft und Kultur miteinander vermählten. Für die einen war VILLA ROSA zu einem Tempel der Lust und der Bildung geworden, für die anderen eine Kathedrale der Menschlichkeit. Immer aber war es eine Anlaufstätte für Klatsch und Neuigkeiten, für Rat und Hilfe in jeder Lebenslage mit persönlicher Individual-Betreuung durch die Mutter Oberin.

Inzwischen hatte Anni VILLA ROSA erreicht und den Eingang der Geschäftsleitung aufgeschlossen. Die Zeit drängte schon wieder einmal. Um zehn würden die ersten Klienten kommen. Nun war es kurz vor halb, und wie jeden Morgen musste sie die Anlage noch tagesfrisch machen und sich in die Vorsteherin verwandeln. (Neulich hatte sie jemand „Keramik-Äbtissin" genannt, und sie war sich noch nicht klar darüber geworden, ob das eine Frechheit oder ein Kompliment gewesen sein sollte.) Wie auch immer, sie wollte nochmals darüber nachdenken, wenn sie die Zeit dazu hatte. Jetzt jedenfalls hatte sie keine Zeit, denn wie fast an jedem Morgen würde bereits der eine oder andere Gast versuchen, sich vor der Öffnungszeit Einlass zu verschaffen. Aber vor zehn war gar nichts drin. Da hatte Anni ihre Prinzipien. Schon mancher Kunde hatte vor verschlossener Tür gestanden und von einem Bein auf das andere getreten. Selbst wenn einer einen Schein unter der Tür durchschob, Anni blieb hart. Manchmal bot man eben ein Königreich für ein Klo!

Der kleine Innenraum, in den Anni nun ging, lag im Halbdunkel. Sie ging zum Fenster und zog die Gardinen auf. Eine gemütliche Wohnstube hatte sie sich eingerichtet. Auf der Fensterbank standen große Grünpflanzen, durch die das Sonnenlicht blinzelte. Ein Blechspind und zwei Stühle, an der Wand ein Regal, gefüllt mit Ware. Wohl geordnet wie ein Lagermeister hatte sie ihre Schätze im Regal eingeordnet. Graues, weißes und rosarotes Toilettenpapier. Aufgelistet wie in einem Handwerksfachgeschäft nach Körnung und Beschaffenheit lag es da. Es gab das 100er, das 200er, das 400er und das 600er de Luxe Papier. Zwei- bis vierlagig. Für die ganz harten Fälle hielt sie das graue einlagige Papier bereit. Gute Kunden bekamen an kalten Tagen das Papier auch schon mal angewärmt. Das lag dann auf der Heizung. In großen Weckgläsern hatte sie die bonbonfarbenen Beckensteine aufbewahrt. Gleich fünf Duftnoten konnte sie anbieten. „Russendiesel", „Wienerwald", „Himmlischer Frieden", „Latschenkiefer" und „Havanna Blue". In einem kleinen Schrein hielt Anni die Spezialwässerchen und -essenzen unter Verschluss. Die Düfte der ganzen Welt waren hier vertreten. Und dann gab es da noch die Jumbo-Mega-Flaschen, für Leute mit dem schlechten Ausstoß: „Schwarzwald brutal" und „Indischer Pfeffer". Das war allerbeste Luft! Wenn sie zum Einsatz kamen, duftete mal ihr Klohäuschen, als würde es im Oberharz stehen und mal in den Rosenfeldern von Persien. Das war Annis Geheimnis. Es roch nach allem, nur nicht nach Toilette; fast wie zu Hause. Anni riss das Kalenderblatt vom Vortage ab und studierte die Rückseite, auf der die Tipps für den heutigen Tag zu lesen standen: Tagesspruch: Morgenstund' hat Gold im Mund! Tagesgericht: Königsberger Klopse,

Salzkartoffeln mit Kapernsoße. Horoskop: Schütze! Meide Wasser, suche Holdes, saufe nie! Wie jeden Morgen las sie alles gründlich durch, um dann sofort das eben Gelesene als Quatsch abzutun, als vollkommenen Quatsch!

In der Mitte des Raumes stand ein weißer Tisch mit einer bunten, geblümten Plastiktischdecke. Ansichtskarten, Weihnachtsdekoration und eine Papiergirlande schmückten den Raum. In den Wänden befanden sich kleine Durchreichen mit Klappen. Auf den blau und rot gestrichenen Wänden hingen ein orientalischer Wandteppich und eine Kuckucksuhr, aus der jede volle und halbe Stunde ein krächzender Kuckuck kam. Und mit diesem Kuckuck hatte es eine besondere Bewandtnis: Anni nannte diesen Vogel einfach nur „Willi", und wenn sie Willi nicht hören und sehen wollte, so sperrte sie ihn mit einem Türriegel in das Uhrgehäuse ein. Anni hatte so für sich eine Möglichkeit gefunden, ihre verkorksten Lebensjahre mit Gemahl Willi aufzuarbeiten. Denn als Willi noch nicht in dieser verflixten Uhr gesessen hatte, hatte Anni wenig zu lachen gehabt. Zeitlebens war er ein Säufer und Raufbold gewesen, hatte das Geld mit anderen Weibern durchgebracht, und ab und zu hatte es auch schon mal blaue Augen gegeben, nicht nur für Willi. Wenn ihr nun Willis Kuckucksgeschrei zu laut oder zu lang wurde, rief Anni nur: „Willi, halt's Maul!", ohne dass sie Angst davor haben musste, sich eine einzufangen. Aber nun lag Willi ja zwei Meter tiefer, und das war für Anni gut so.

Aufgewachsen war Anni am Rande einer Großstadt, die Eltern waren beide berufstätig gewesen, und es hatte von allem immer nur wenig gegeben. Nach der Schule war sie früh aus dem Hause gegangen und hatte sich schnell in den Erstbesten verliebt. Liebe auf den ersten Blick war es gewesen - für beide. Student war er gewesen. Sie hatten in einer kleinen Dachwohnung gehaust und waren der Eltern wegen verlobt gewesen. Anni hatte Tanzunterricht genommen und die Namen „Brecht" , „Kant" , „Heine" und „Mann" zum ersten Male gehört. Sie hatte eine große Liebe und Lust zum Lesen entwickelt und einige wenige glückliche Jahre mit ihrem „Erik" verbracht, dem kleinen schwedischen Literaturstudenten. Erik hatte das Meer geliebt. Kurz vor seinem Staatsexamen waren sie in den Sommermonaten nach Frankreich an den Atlantik gefahren. Jeden Tag war er früh schwimmen gegangen. Anni hatte dann immer noch geschlafen. Eines Tages war er nicht zurückgekommen. Später hatte man Erik ertrunken am Strand gefunden. Anni war es zumute gewesen, als würde der Himmel herabstürzen und sie unter sich begraben. Sie hatte Jahre gebraucht, um sich zu fangen. Und aus der jungen und schönen Frau war bald eine Trinkerin geworden, die sich ruhelos umhergetrieben hatte. In einer Hafenspelunke hatte sie „Willi" kennen gelernt. Willi hatte große Hände und war Heizer auf einem Fischdampfer. Er hätte keine Schaufel gebraucht, um die Kohlen in den großen Schlund des Dampfkessels der Maschinenanlage zu schmeißen. Willi hatte viel Kraft und immer großen Durst. Anni hatte Halt gesucht und jemanden, an dem sie sich festhalten konnte. Sie hatten sich beide gemocht und so war geheiratet worden. Anni hatte mit dem Trinken aufgehört und war bald schwanger geworden. Willi hatte dafür umso mehr getrunken. Kurz darauf war sein Dampfer verschrottet worden, und Willi hatte an Land gestanden – ohne Arbeit. Die letzte Heuer war vertrunken, und es hatte oft Streit mit Anni gegeben. Er hatte sich regelmäßig mit seinen Saufkumpanen geprügelt, und manchmal hatte auch Anni etwas abbekommen. Vielleicht war das auch der Grund dafür gewesen, dass sie im sechsten Monat ihr Kind verloren hatte. Sie war darüber untröstlich gewesen, doch Willi hatte das gar nicht berührt. Es war eine schlimme und harte Zeit gewesen, in der sie sich sehr allein gefühlt hatte. Die kleine billige, Sozialwohnung am Hafen hatte einer Baugenossenschaft gehört und war jahrelang nicht renoviert worden. Zwei kleine Zimmerchen mit schrägen Decken waren es gewesen, ohne Bad, und jeweils zwei Wohnungen hatten sich eine Toilette auf halber Treppe teilen müssen. Im Winter war die Wohnung feucht und kalt gewesen und im Sommer heiß und stickig, aber Anni hatte so gut sie konnte für Ordnung und Gemütlichkeit gesorgt. Mit Gelegenheitsarbeiten hatte sie sich und Willi über Wasser gehalten, und dabei hatten sie allmählich begonnen einander fremd zu werden. Tagsüber war Anni putzen gegangen und nachts bei Wind und Wetter über den Kiez gezogen, um in den Lokalen Rosen für die Damen zu verkaufen. Das wenige, was sie verdient hatte, hatte vorn und hinten nicht zu einem menschenwürdigen Leben gereicht und war von Willi meistens gleich in Sprit umgesetzt worden. Dann hatte es fast immer Zoff gegeben, bei dem Willi regelmäßig die ohnehin schon spärliche Wohnungseinrichtung aufgemischt hatte, die dadurch immer noch spärlicher geworden war. Anni hatte allmählich gelernt, sich diese Szenen nicht zu sehr zu Herzen zu nehmen und es über die Jahre geschickt verstanden, die allerletzten Habseligkeiten, an denen ihr

Herz hing, vor Willis Rasereien zu bewahren. Nie aber würde sie jenen unheilvollen Abend vergessen können, an dem Willi, hackevoll wie meistens, auf der Suche nach noch mehr Trinkbarem wie ein Stier in der Wohnung gewütet hatte! Mit seinen bloßen Baggerschaufel-Händen hatte er die Couch im Wohnzimmer demoliert und im Bettkasten entdeckt, was Anni dort offensichtlich vor ihm versteckt hatte. Das hatte ihn dann restlos auf die Palme gebracht! Pöbelnd und zotige Seemannslieder grölend, hatte er die zwölf Sammeltassen zertrümmert, die sich Annis Eltern in der schlechten Zeit vom Munde abgespart hatten! Längst hatte Anni es aufgegeben, Willi zu beschwichtigen oder sich ihm entgegenzuwerfen. Denn solange er noch stehen konnte, konnte sie sich nämlich leicht ein Veilchen oder mehr einhandeln, das wusste sie aus Erfahrung längst. Sie hatte schwer an diesem Leben getragen und sich erst dann ein wenig Ruhe und Zeit für sich selbst stehlen können, wenn Willi endlich abgefüllt war und rülpsend und schnarchend in irgendeiner Ecke der Wohnung gelegen hatte. Dann war sie immer froh gewesen, wenn sie ihr Bett für sich alleine gehabt hatte. Oft war es auch vorgekommen, dass er überhaupt nicht nach Hause gekommen war. Er war dann tagelang verschwunden geblieben und erst wieder aufgetaucht, wenn irgendein Weibstück ihn rausgeschmissen hatte, weil das Geld alle war. Von der Geborgenheit, die sie bei Willi einmal gesucht und anfangs auch gefunden hatte, war nichts mehr geblieben. Ein tumber, aufgeschwemmter, rotgesichtiger Mann war er geworden, der nach Fusel und Tabak gestunken hatte, und genauso war auch seine Art zu lieben gewesen: grob, kurz und ereignislos. Und wenn er wirklich einmal zärtlich gewesen war - das war sowieso nur alle paar Monate einmal der Fall gewesen -, dann hatte er sich mit Sicherheit den falschen Moment dafür ausgesucht. Eigentlich war diese ganze Ehe eine endlose Reihe von falschen Momenten gewesen. Milliarden mussten es mittlerweile sein! „Eine Verkettung unglücklicher Umstände", sagten die Strafverteidiger bei den Mordprozessen im Fernsehen immer. Ganz genauso hatte Anni es auch für sich empfunden, und wie sie ebenfalls aus dem Fernsehen wusste, entstammten die meisten Mörder dem nächsten Umfeld ihrer Opfer. Wie gut sie sie hatte verstehen können, diese Mörder! Willis Küsse waren ohne Leidenschaft gewesen und hatten immer nach Priem geschmeckt. Anni hatte sich anfangs gewünscht, er möge sie nicht mehr küssen; später wäre sie schon zufrieden gewesen, wenn er vor dem Küssen wenigstens den Priem aus dem Mund genommen hätte! In den leeren Nächten, die ihr geblieben waren, hatte ihr geschundenes Herz Reißaus genommen und war in die Vergangenheit zu Erik geflüchtet. Jedes Mal vor dem Einschlafen hatte sie an die kurze, glückliche Zeit mit ihm gedacht. Sie hatte an Erik gedacht, der sie an die großen Literaten herangeführt und ihr neue Welten erschlossen hatte, an ihn, der sie so zärtlich geliebt und so hoch geachtet hatte. Eine solche Achtung war ihr niemals wieder zuteil geworden. Tausendmal hatte sie sich zurückgeträumt in die Arme ihres Eriks, des Geliebten voller Phantasie, den ihr das Meer so jäh genommen hatte. Sie hatte sich nach ihm zurückgesehnt, weil er die schönsten Hände gehabt hatte, die sie jemals bei einem Mann gesehen hatte! Sinnliche „Pianistenhände" waren es gewesen, und wie wunderbar hatte er auf ihrem Körper gespielt! Ganze Partituren waren das gewesen! Hin und wider hatte sie dabei wirklich geglaubt, den wundervollen Duft seiner samtweichen Haut zu spüren, den sie so geliebt hatte, und den sie auf *dieser* Welt niemals wieder würde atmen dürfen ...

Wie immer, wenn Anni sich ihren Kopf darüber zermartert hatte, warum das Schicksal so grausam zu ihnen beiden gewesen war und ihnen nicht mehr Zeit miteinander gelassen hatte, hatte sich ihr Herz in tiefem Schmerz zusammengezogen. Träne auf Träne war aus ihrem ach so müden Auge gequollen, und ihr Kopfkissen hatte alle Mühe gehabt, der Fluten Herr zu werden. Konnte es ihr nicht doch ein winziger Trost sein, dass das Meer, das ihr ihren Erik genommen hatte, trotzdem gnädig zu ihm gewesen war? Denn es hatte ihn selbst im Tode noch schön sein lassen. Ganz sacht hatte es ihn am Strand abgelegt, als habe es fürchten müssen, den nur Schlummernden aufzuwecken ... Wie immer war sie wieder von der öden Wirklichkeit eingeholt worden, und die hatte sie dann noch viel trauriger werden lassen als sie es vorher schon gewesen war. Eine Wirklichkeit, wie sie trostloser nicht sein konnte. Endlich, endlich, mit dem ersten Säuseln des Morgenwindes hatte der Schlaf sich ihrer gewöhnlich dann doch erbarmt und ihr das bisschen Ruhe geschenkt, nach der sie sich so sehr gesehnt hatte. Dass sie dabei geträumt hatte, war nicht oft vorgekommen. Üblicherweise würde sich kurze Zeit später sowieso der Wecker melden. Sein Rasseln war ein hässliches, rohes Geräusch gewesen, das ihr immer durch Mark und Bein gegangen war und ihr die ganze Erbärmlichkeit ihres Daseins vor Augen geführt hatte. Damit würde es dann auch schon wieder Zeit zum Aufstehen sein, und alles würde von vorn beginnen. Gleich würde Willi in seinem

Netz-Unterhemd dasitzen und mit glasigen Augen auf sein Frühstück warten, fluchend und Schleim hustend, und sie würde es ihm hinstellen ... Um diesem tristen Leben zu entfliehen, hatte Anni wieder mit dem Lesen begonnen und war wieder eine eifrige Besucherin der Bücherhallen geworden. Nur durch dieses stundenweise Flüchten in eine Scheinwelt war es ihr überhaupt möglich gewesen, ihr Leben, so, wie es nun einmal war, ertragen zu können. Es war nicht nur Unterhaltungsliteratur, mit der Anni sich beschäftigt hatte. Nachdem sie alle großen Dichter gelesen hatte, waren die Philosophen drangekommen. In ihrem großen Drang nach Bildung und Information hatte sie das Gelesene sowohl in ihrem Gedächtnis als auch in ihrem Herzen verstaut. Dabei war sie sich beileibe nicht immer sicher gewesen, alles verstanden zu haben und kannte auf manche der großen Fragen der Welt auch immer noch keine Antwort; aber sie war offen und empfänglich dafür und wusste viel mehr als viele andere Frauen.

Die Jahre waren ins Land gegangen und hatten einander geglichen wie zwei Busse voller Chinesen, als sich Annis Lebenssituation mit einem Schlage geändert hatte. Und das war der Schlag gewesen, der Willi getroffen hatte. Eines Tages, als sie todmüde vom Scheuern nach Hause gekommen war, hatte sie ihn im Wohnzimmer gefunden, die leere Aldi-Korn-Flasche noch in der Hand – ein gewohntes Bild für Anni, nur dieses Mal war es anders als sonst gewesen: Willi war liegen geblieben. Für immer! Der Sarg war aus billigem Kiefernholz zusammengezimmert gewesen und hatte Anni sofort an frühes IKEA erinnert. An die armselige Beerdigung, die es gegeben hatte, und bei der nur wenige Leute mitgegangen waren, dachte sie nicht gern zurück. Ihr war es zumute gewesen, als erlebe sie das alles wie durch einen Rauch und hatte nur eines wirklich gewollt: Vergessen. Nichts als vergessen, das ganze beschissene Leben an Willis Seite! So zog sie auch nichts zu seinem Grab auf den Friedhof. Sie besuchte es nur sehr selten, und wenn, dann hatten die Stiefmütterchen bereits lange Hälse bekommen und waren umgefallen. Na und? Sie war ihm nichts mehr schuldig, aber auch rein gar nichts! Dafür, dass er sie damals aufgefangen hatte, dafür hatte sie hundertfach bezahlt, immer und immer wieder! Sie war ihm eine gute, duldsame Frau gewesen, hatte ihm den Dreck weggemacht, ihn bekocht, seine Sachen in Ordnung gehalten und seinen Suff, seine Weibergeschichten, seine Rüpeleien und seine Demütigungen hingenommen. Zu allem Überfluss hatte er unmittelbar vor seinem Tod auch noch ihr Hochzeitsgeschenk ins Pfandhaus gebracht, die Kuckucksuhr! Mit den armseligen paar Kröten hatte er sich den Schnaps gekauft, mit dem er sich nun totgesoffen hatte. Wieder einmal hatte Anni die Zähne zusammengebissen, noch ein paar Fußböden zusätzlich geschrubbt und nachts auf dem Kiez noch eine zweite Rosenschicht geschoben; so hatte sie die Uhr wieder auslösen können, denn die hatte sie um jeden Preis behalten wollen! Voller Genugtuung hatte sie gefühlt, dass jetzt *ihre* Zeit angebrochen war. Keine Scheu würde sie haben, Willi einen neuen Platz in ihrem Leben zuzuweisen. Einen Platz, von dem aus er ihr nicht mehr würde wehtun können! An jenem denkwürdige Tage hatte der Kuckuck in der Uhr von ihr seinen Namen „Willi" erhalten. Kurz darauf hatte sie die Regentschaft von Villa Rosa angetreten. Nach langer Lethargie endlich eine Phase der Veränderung!

Mit leichtem Erstaunen, aber nicht ohne Stolz hatte Anni bemerkt, dass sie im Begriff war, aus ihrem hinter ihr liegenden Leben herauszuwachsen.

Anni setzte den Flötenkessel mit Wasser auf die kleine Kochplatte, nahm sich die weißen Gummistiefel aus dem Schrank und zog sie an, stellte sich Eimer, Feudel und Schrubber zurecht. Sie goss Grüne Seife und kaltes Wasser in den Eimer, zog gelbe Gummihandschuhe über, verteilte heißes Wasser in die Eimer und füllte den Kessel wieder auf. Eimer- und feudelschwingend ging sie mit dem Schrubber durch die Tür ins Damen-WC. Anni sang, und sie konnte singen! Natürlich sang sie nicht so schön wie in der Oper. Aber für eine Klofrau sang sie schon gut genug. Sie sang meist alte Weisen, die sie in ihrer Kindheit in der Schule oder zu Hause gelernt hatte. Früher war in der Schule mehr gesungen worden, und es waren auch mehr Gedichte auswendig gelernt worden. Natürlich konnte sie auch Schlager singen. Anni hatte die Lieder alle gut sortiert und eingeteilt. Zarte Lauben- und Küchenlieder wurden nur auf dem Damenklo gesungen. Nicht die versauten Fischdampferlieder, die Willi mit seinen Saufkumpanen rumgegrölt hatte. Diese sang sie nur auf dem Herren-WC. Vor Leuten würde Anni niemals singen, auch nicht für viel Geld. Das wäre ihr peinlich und schamhaft. Man hörte ein regelmäßiges Ziehen der Spülkästen und Annis Singsang. „Mariechen saß weinend im Garten" , „Am Brunnen vor dem Tore" und „Es steht ein Soldat am Wolgastrand". Anni kehrte zurück. Sie streifte die gelben Handschuhe ab und die blauen über, machte den zweiten Eimer fertig und verschwand auf dem Herrenklo. Ein mächtiges Rauschen, Plätschern, Türengeschlage ging durch den Raum, als würde ein Schiff vor Kap Horn auf eine Klippe geschmissen. Dazu das Gebrüll der betrunkenen Mannschaft und das Fluchen des Bootsmannes. „Wer hat uns zum Saufen verführt" , „Das schmeißt doch einen Seemann nicht gleich um", „Wir lagen vor Madagaskar". Das ständige Pfeifen des kochenden Wasserkessels begleitete das Szenario, als würde das Schiff mit Mann und Maus untergehen. Anni kam triefend aus der Herrentoilette zurück und erlöste den Kessel vom Pfeifen. Sie zog die blauen Gummihandschuhe aus und stülpte sie zum Trocknen über die Besen. Sie goss Kaffee auf, echten Bohnenkaffee und rief: „Fofftein!" Der kleine Tassenfilter aus Silber, den sie dabei benutzte, und den sie wie eine Reliquie hütete, hatte einmal Erik gehört und war das Einzige, was ihr von ihm geblieben war. Anni setzte sich an den Tisch, der in der Mitte des Raumes stand, öffnete eine runde Dose und holte sich Gebäck hervor. Ein Geschenk aus dem noblen Lokal von nebenan. Weihnachtsgebäck vom letzten Jahr. Zimtsterne. Der Koch hatte sie vorbeigebracht. Anni dachte an die Gäste nebenan und an diesen tollen und feudalen Laden. Ein Restaurant mit vielen Auszeichnungen und Sternen an der Türe. Sie hatte schon oft überlegt, ob sie dort einmal hingehen solle, vorausgesetzt, sie hätte das Geld dazu. Aber das mochte sie wohl doch nicht. Das ist alles so etepetete und aufgesetzt. Und wer soll da satt werden, wenn nichts auf die Teller kommt!

Die Zimtsterne erwiesen sich als steinhart und höchst eigentümlich im Geschmack. Anni fand, dass wohl irgendwovon ein wenig zu viel hineingeraten sein musste, was aber wohl mochte es sein? Zement vielleicht? Na ja, einem geschenkten Gaul schaut man nicht ins Maul. Haben bestimmt die Lehrlinge verpfuscht, aber der Hunger treibt's rein. Plötzlich fiel ihr etwas ein: Wie wäre es denn, wenn sie VILLA ROSA damit aufpeppen und sich je fünf Sterne davon an ihre Eingangstüren nageln würde? Wetterfest genug schien das Gebäck ja zu sein! Wo stand denn geschrieben, dass Sterne nur für die gehobene Gastronomie reserviert sein durften? Damit konnte sich doch auch eine Toilette schmücken, wenn Lage, Aussehen, Hygiene und Service 1a waren! Eine neue Marketing-Idee war geboren! Annis Fünf-Sterne-Klo, das harmoniert doch wunderbar mit der feinen Nachbarschaft und bringt noch mehr Zulauf! Für jeden Euro, der auf sie zugerollt kam, hatte Anni Verwendung; also beschloss sie, für jede Eingangstür fünf der Sterne übrig zu lassen. Aber erst einmal brühte sie sich mit Eriks Filter eine zweite Tasse Kaffee, um sich für die neue Geschäftsidee zu belohnen, und auf einem Bein kann man ja bekanntlich auch nicht stehen.

Anni stand auf und schaute durch's Fenster. Nebenan war inzwischen der Frühstücksbetrieb in vollem Gange. Sie sah, wie die Kellner um die Tische herumschwänzelten, wie Servierwagen mit Silberschüsseln hin und her geschoben wurden, sah die Mädchen, die abräumten. Alles schien ohne einen Laut vonstatten zu gehen, wie in einem Raumschiff, so fein war das Lokal. Anni stellte sich vor, dass die Auslegeware auf dem Fußboden so weich und teuer war, dass im ganzen Laden nicht ein einziger Schritt hörbar sein würde. Ja, das war wirkliche Vornehmheit. Sie kannte fast alle der Bediensteten. Auch einige Gäste waren schon hier bei ihr gewesen. Zum Beispiel der ältere Herr mit den grauen Haaren und dem hellen Anzug. Saß da am Tisch und schäkerte mit so einem jungen Ding rum. Hätte seine Tochter sein können, diese Tussi! Ein paar Tage später würde wieder die ältere Dame mit dem gleichen Herrn am Tisch sitzen. Anni kannte das Paar vom Sehen. Keiner würde ein Wort sprechen! Ganz offensichtlich waren sie seit vielen Jahren verheiratet und hatten sich bereits alles gesagt, was es während dieser Ehe je zu sagen gegeben hatte. Funkstille unter Eheleuten. Am meisten faszinierte Anni das Mienenspiel der Kellner nach dem Bezahlen der Gäste, wenn sie mit dem Rücken zum Gast standen und sich gegenseitig Grimassen schnitten. Da erkannte man die Höhe des gegebenen Trinkgeldes. Ja, das Trinkgeld war auch für Anni eine wichtige Angelegenheit.

Sie holte zwei silberglänzende Schalen aus dem Schrank. Nachdem sie sie gründlich poliert hatte, hielt sie sie kritisch ins Licht. „Opferschalen" nannte sie Anni. Je eine für die Herren- und je eine für die Damenseite. Kunden legten oder warfen Geld in sie hinein. Die Schalen hatten für Anni den Klang einer Stimmgabel. Am Klang der Schale konnte sie hören, um was für eine Münze es sich handelte. Und so machte sie immer vor jedem Dienstantritt den Münztest. Jede Münze hatte ihren eigenen Klang. Schwierigkeiten hatte es bei der Euro-Umstellung nicht sonderlich gegeben. Der Euro klingt mehr nach Blech. Sie legte 50 Cent hinein. Zum Anködern, sonst bekommt er keine Jungen. Das ist alles Wissenschaft, meinte Anni. Probleme gab es nur, wenn die Fremdfirmen ihre Leute hierher schickten. Dann landeten schon mal Zloty, Rubel oder Unterlegscheiben im Opfertopf. Aber das hatte Anni schnell rausbekommen.

Unterlegscheiben zwischen 22 und 25 mm konnte sie bei Aldi oder Lidl in den Einkaufswagen umtauschen, gegen bar natürlich. Die Wände links und rechts hatten je eine Öffnung mit einer Klappe versehen, in die stellte sie die Schalen mit je 50 Cent.

Sie öffnete die Schranktüre, um sich umzuziehen. Der Hut, der lange gelbe Schal, Wollmantel und Schuhe wanderten in den Schrank, alles säuberlich geordnet und verstaut. Und nun fand die Verwandlung statt, denn Anni wollte nett aussehen. Für Stunden in eine andere Haut schlüpfen, einmal etwas sein, was sie in ihrem kläglichen Leben nie hatte sein dürfen, eine Frau, die man respektierte und achtete. Anni hängte ihren Kittel säuberlich in den Schrank und holte etwas in einer Plastikhülle hervor. Es war das Kostbarste, was sie besaß: ein rosarotes Kostüm mit schwarzen Borden. Ein Modellkleid aus einer Edelboutique, „Santa Monica", Paris. War auch nicht ganz billig gewesen. Solch ein Kostüm hatte sich Anni ein Leben lang gewünscht. Sie hatte es zum ersten Male gesehen, als sie Willis Kuckucksuhr in der Pfandleihe ausgelöst hatte. Es war ihr seither nicht mehr aus dem Kopf gegangen, und von da an hatte sie sich eben ihre Margarine etwas dünner auf ihre Brote geschmiert und das Kostüm gekauft. Wer es wohl einmal getragen haben mochte? Es passte nicht ganz richtig zu ihrer Figur, sie aber hatte es ein wenig geändert und ihren Bauch eingezogen. Wer schön sein will, muss leiden können. Kleider machen Leute, meinte Anni. Hinter einem kleinen bunten Paravent zog sich Anni um. Nach kurzer Zeit kam sie hervor, ging zum Spiegel und legte ein wenig Puder auf. Danach schminkte sie sich die Lippen mit großer Sorgfalt aufdringlich rot. Jetzt fehlten nur noch die Haare. Sie nahm eine schwarze Lockenperücke aus dem Schrank und setzte sie sich auf. Eine ganz neue Frau war sie nun geworden: Mit langen schwarzen Haaren, in ihrem rosaroten Kostüm und roten Schuhen, elegant, aber etwas unbeholfen.

Wie an jedem Morgen betrachtete Anni das Resultat ihrer Metamorphose kritisch im Spiegel und war zufrieden. Sie fühlte sich einfach gut. Wieder einmal war der Prozess erfolgreich abgeschlossen, der eine Ente zum Schwan gemacht hatte! Wie immer, wenn sie ihr Ornat angelegt hatte, war ihr Selbstwertgefühl gewachsen: ab jetzt war sie nicht mehr die bedeutungslose kleine Anni aus der popeligen Sozialwohnung am Hafen, sondern Anni die Erste, Toilettenvorsteherin voller Gnaden! Nun war sie Gebieterin über fünf Kabinen auf der Damenseite sowie über drei Kabinen und eine bis für maximal vier Pinkler gleichzeitig zugelassene Rinne auf der Herrenseite. Das war schon etwas! Anni konnte mit diesem Gefühl der Größe nicht nur gut umgehen, sie genoss es sogar. Sie hatte ja auch lange genug darauf verzichten müssen. Sie hängte das Schild „geöffnet" ins Fenster und schloss die beiden Türen auf. Im Winter war noch ein zusätzliches Schild aufzuhängen: „Bitte Türen schließen, das WC ist beheizt". Wie an jedem Tag um zehn war Anni zur Audienz bereit, die Kundschaft würde nicht lange auf sich warten lassen; die heutige Regierungszeit konnte beginnen!

Schnell noch eine kleine Wette mit sich selbst: Ist der erste Kunde heute eine Dame oder ein Herr? Da Anni neben ihrem ausgeprägten Geschäftssinn auch noch ein weites, soziales Herz ihr Eigen nannte (ja, so etwas ist hin und wider wirklich noch möglich), würde sie bei einer Dame einen Teil der Einnahmen der Heilsarmee stiften, bei einem Herrn würde sich der Verkäufer der Zeitung „Hinz und Kunzt" über eine Zuwendung freuen dürfen.

Es pochte kräftig am Direktionseingang, und gleich darauf wurde etwas hineingeworfen. Anni kannte das Geräusch gut und wusste gleich, dass es sich um ein Bündel Mittwochszeitungen handelte. Das Aldi- und Penny-Kulturmagazin war also auch schon da. Sie pflegte es ihren Klienten aber immer erst nach den Sitzungen auszuhändigen, um zu vermeiden, dass diese unnötig in die Länge gezogen wurden.

Bald schon tat sich etwas auf der Männerseite. Also Herren. Und gleich zwei! Aaaachtung! Wer ein anständiges Klo führt, muss in solchen Fällen auf dem Posten sein! Sicherheitshalber ermahnte Anni die Ankommenden energisch, pro Mann eine Kabine zu benutzen und war zufrieden, als sie die beiden Türen schließen hörte. Auch die zweite Geräuschkontrolle war o.k., nämlich zweimal die Wasserspülung. Jetzt noch eine weiterer Check: Anni hörte zweimaliges Händewaschen, der Kinderstubentest wurde von den beiden Herren also auch bestanden. Die letzte Instanz war die Opferschale auf der Herrenseite. Anni spitzte ihre Ohren: 20 Cent, 10 Cent, 50 Cent! Anni war mit den ersten Kunden zufrieden und entließ sie mit ihrem melodischen „Danke, und schönes Wetter morgen ... Tschü-üs!"

Bis auf die 50 Cent, die sie selbst hineingelegt hatte, holte Anni das Geld aus der Schale und legte es in eine Kassette. Der nächste Kunde ließ nicht lange auf sich warten. Anni erkannte ihn schon am Schaben seines Handstockes als Herrn Wiese, ein Stammkunde, der einen besonderen Individualservice genoss. Herr Wiese erholte sich bei seinen regelmäßigen VILLA-ROSA-Besuchen von seiner hyperaktiven Frau, die ihm keine ruhige Minute lassen konnte. So lange Herr Wiese noch im Berufsleben gestanden hatte, war es ja noch einigermaßen gegangen, aber jetzt als Pensionär setzte ihm seine zappelige Frau doch sehr zu. Ständig trieb sie ihn an, irgendetwas zu tun oder zu lassen, und damit noch nicht genug, sie redete und redete und redete! Immer, wenn der arme Mann es sich in seinem Wohnzimmer bequem machen wollte, um in Ruhe ein Buch zu lesen, kam sie sofort angelaufen, hatte jede Menge Aufträge für ihn und machte gleich wieder akkurate Kniffe in die Sofakissen, die er angefasst hatte. Oder sie ließ den Staubsauger auf Hochtouren laufen und stellte die Fenster auf Durchzug. Der sanfte Herr Wiese war schon ganz verzweifelt gewesen und hatte bereits an Scheidung gedacht. So hatte er sich seinen Ruhestand einfach nicht vorgestellt. Irgendwann einmal hatte er Anni sein Leid geklagt, und sie, die ebenfalls eine leidenschaftliche Leserin war, hatte ihn sofort verstanden. Da sie sich durch ihre Literaturkenntnisse viel mitzuteilen hatten, hatten die beiden schnell ihre Seelenverwandtschaft entdeckt. Sie hatten über Bücher gesprochen, die sie gelesen hatten, oder auch noch nicht, konnten sich Empfehlungen geben und ergänzten sich sehr. Das war vor mehr als zwei Jahren gewesen. Herr Wiese hatte in VILLA ROSA bei Anni etwas gefunden, das er zu Hause einfach nicht hatte:

Ruhe und Muße zum Lesen. Nach der Begrüßung reichte Anni ihm ein Buch, eine Taschenlampe und ein Kissen durch die Klappe und wies ihm eine Kabine auf der Herrenseite zu. Die stillste Toilettenkabine hielt sie stets für ihn reserviert. Viele große Werke der Literatur hatte er hier gelesen, ohne jemals unterbrochen worden zu sein. So hatte er sich in den letzten vierzehn Tagen durch Thomas Manns „Zauberberg" gearbeitet und wollte heute das letzte Kapitel beginnen. Zu dem schönen Gefühl, eine Ehe gerettet zu haben, war für Anni seinerzeit noch hinzugekommen, dass sie einen großzügigen Abo-Kunden gewonnen hatte. Und in Zeiten einer großen Teuerung beruhigte das sehr!

Die üppige Frau, die jetzt gerade zur Damenseite hereingekommen war, gehörte zu den VIP-Kunden und wurde von Anni mit „Frau Kowalski" angesprochen. Ihre Markenzeichen waren ihre vollen Lippen, reichlich Übergewicht und rote Handschuhe. Sie hatte die geschäftstüchtige Anni vor mehr als einem Jahr auf eine neue Service-Idee gebracht: Hauttypgerechtes Toilettenpapier!

Frau Kowalski besaß eine blendend laufende Fischbratküche in der Nähe und hatte sich hochgearbeitet. Angefangen hatte sie vor mehr als zwei Jahrzehnten als magere, kleine Bedienung, war aber immer flink, freundlich und fleißig gewesen, und hatte auch den nötigen Ehrgeiz mitgebracht. Jetzt gehörte ihr der Laden und sie war die dicke Chefin von fünfzehn Angestellten. Anni fand, dass sie immer ein wenig so aussah, als komme sie frisch von der Dauerwelle, und wahrscheinlich stimmte das auch. Nur an den allerheißesten Tagen des Sommers verzichtete sie auf ihre echten

Pelze, auf ihre roten Glacéhandschuhe jedoch niemals. Eine nette, natürliche Frau, die trotz ihres vielen Geldes auf dem Boden geblieben und stets zu jedermann freundlich war. Aber irgendetwas ist ja immer: Der Fischgeruch wollte ihr partout nicht von den Händen weichen, deshalb die Handschuhe! Was soll's auch? *Geld* jedenfalls stinkt nicht! Der Wohlstand hatte ihr den Charakter nicht verderben können. Einen Mann hatte sie nicht, soviel Anni wusste. Na ja, sie war eben vorsichtig. Frauen dieses Typs werden häufig ihres Geldes wegen geheiratet, und das kann dann wehtun. Über ihren roten Handschuhen trug Frau Kowalski viele Armbänder aus Gold, und das war kein 333er! Anni hatte daraus gefolgert, dass sie außer einer sehr wohlhabenden auch eine sehr einsame Frau ohne Liebe sein musste. Ja, das kommt manchmal dabei heraus: vor lauter Tüchtigkeit wird die Liebe vergessen. Und auf einmal ist es zu spät dafür, und man muss sich seinen Schmuck selber kaufen! Kennt nur Arbeit und nochmals Arbeit, dachte Anni, und entschädigt sich für die Zärtlichkeit, die ihr das Leben vorenthält, durch schweren Goldschmuck. Und wenn dann immer noch Sehnsüchte da sind, so stellte Anni sich vor, dann füttert sie sich womöglich noch abends kurz vor dem Einschlafen mit den übrig gebliebenen Fischfrikadellen und Nougat im Stück zum Abschneiden! Beide Teller stünden sicherlich immer griffbereit auf dem Nachttisch am Rüschenbett! Irgendwoher, so hatte Anni für sich den Faden weitergesponnen, musste ihre ständige Verstopfung ja kommen. Sie blieb nämlich immer extrem lange in der Kabine. Wie viele Korpulente hatte sie eine hochsensible Rückseite, auf die Anni sich sofort mit einer Import-Sensation eingestellt hatte. Für Fälle wie diesen gab es nur eines:

das anthroposophische, handgeschöpfte 600er de Luxe, ein gefühlsechtes, ultraweiches Spezial-Verwöhnpapier von wolkiger Duftigkeit mit hautstraffender Pflege-Beschichtung! Das war allerbeste Qualität aus Frankreich, der Maybach unter den Toilettenpapieren! Eines von Annis bestgehüteten Geschäftsgeheimnissen war, das es sich dabei um ganz normales Papier aus einem Billigmarkt handelte. Anni war nicht umsonst Autodidaktin in WC-Psychologie: Sie ließ den Wert eines Produktes im Auge des Betrachters durch die Präsentation entstehen! Anni hatte Frau Kowalski beim ersten Mal dieses Papier nicht überreicht, nein, sie hatte es zelebriert! Das Resultat war, dass die Kundin am Ende ihrer ersten Sitzung einen beglückenden Effekt verspüren konnte, der sie fast high gemacht hatte. Kaum zu glauben, dass es nur Klopapier gewesen sein sollte! Sie war recht bald abhängig geworden und nun ein häufiger Gast des Institutes. Sie sah immer irgendwie verjüngt und verklärt aus, wenn sie VILLA ROSA wieder verließ. Dabei versäumte sie es niemals, reichlich Trinkgeld in Annis Opferschale fließen zu lassen. Auf einem violetten Samtkissen reichte Anni jetzt ihr die Rolle ihres Begehrens, und damit zog sich Frau Kowalski, die sinnlichen Lippen gespitzt zum Flöten eines frivolen Gassenhauers, zurück in die kleine Klause.

Die nächsten Besucher waren Routinefälle und Laufkundschaft. Es mochten einige Minuten vergangen sein, da trat jemand ein, der von Anni mit „Herr Schwanenbeck" begrüßt wurde. Ein weiß gescheitelter, ernster alter Herr mit grauer Flanellhose, dunkelblauer Clubjacke aus allerfeinstem Tuch und Uhrkette. Er ging noch erstaunlich aufrecht für sein Alter, das schon über achtzig Jahre zählen musste.

Anni wusste, dass etliche von den Schiffen, die auf dem großen Flusse schwammen, ihm gehörten, ebenso einige der großen Häuser an der feinen Chaussee. In einem von ihnen wohnte er, streng bewacht von seinem Arzt und einer Pflegerin, die nichts durchgehen ließen. Er sei ein kranker Mann, hatte man ihm vor fünf Jahren eröffnet; von diesem Augenblick an hatte es im ganzen Haus nur noch Pfefferminztee gegeben und man hatte ihn zu Spaziergängen an die frische Luft gejagt. Anfangs hatte er ein wenig widerwillig auf die Vorschläge der Pflegerin reagiert, doch ein paar Schritte durch die Parks zu tun, die ihm gut tun würden. Irgendwann einmal hatten ihn diese Schritte zu VILLA ROSA geführt, und Anni hatte sein Problem schnell erkannt. Herr Schwanenbeck und sie hatten bald ein kleines Geheimnis miteinander teilen können. Seitdem taten ihm die kleinen Spaziergänge sichtlich gut. Auch die Pflegerin war nicht mehr so quengelig, weil der Patient schön folgsam war, und sie sich wieder einmal bestätigt sah. Ohne die Toilette überhaupt benutzt zu haben legte Herr Schwanenbeck 3 Euro in die Schale. Er brauchte kein Wort zu sagen, Anni verstand ihn auch so. Der Mann brauchte seine Medizin, und er sollte sie haben! Sie griff unter ihren Ladentisch und holte ein kleines Fläschchen hervor, das sie vor ihn in die Klappe stellte. Nur hier gab es „Annis Spezial" für Seeleute und Elefanten, wie Anni sich immer ausdrückte. 75 Umdrehungen! Herr Schwanenbeck griff danach, stellte es im selben Moment leer wieder hin und verabschiedete sich. Anni schenkte ihm noch ein Lächeln und ein fröhliches „Schönes Wetter morgen, Herr Schwanenbeck". Herr Schwanenbeck, schon in Ausgangnähe, begann jetzt auch fröhlich zu werden.

Auf der Damenseite ging die Tür, und Anni sah durch die Klappe. „Na, Mädchen, heute wieder fällig?", begrüßte sie die Angekommene. Es war das Hausmädchen vom Edelrestaurant nebenan. „Ja, wenn man nicht an alles denkt!" Anni holte eine kleine bunte Schachtel und reichte ein paar Dinge durch. „Hier, meine Kleine." Das Mädchen drückte Anni ein Geldstück in die Hand. „Danke, Kleines." Hat selber nicht viel, ist aber immer spendabel, dachte Anni bei sich.

Eine Spülung rauschte auf der Damenseite, und bald darauf erschien Frau Kowalski wieder, um das restliche Spezialpapier zurückzugeben. Anni erkundigte sich nach ihrer Zufriedenheit, die ihr die Dame wieder einmal gern bestätigte. Der Klang der Opferschale verriet Anni, dass es sich wie immer um 2 ganze Euro handelte, und die korpulente Fischfrau entschwebte. Aufgeräumt rief Anni ihr „Schönes Wetter morgen!" in den Flur und garnierte es noch mit einem langgezogenen „Tschü-üs!"

In diesem Augenblick ging eine Spülung auf der Herrentoilette, eine Münze flog in die Schale, und der Werfer machte sich eilends davon. Anni mochte wetten, dass das wieder einer von den schnöseligen jungen Angestellten von einer der Sparkassen in der Nachbarschaft gewesen war. Das ist mal wieder ganz typisch, dachte Anni, kaum trocken hinter den Ohren, und nennen sich gleich „Banker". Außerdem haben die immer Stacheldraht in den Taschen! Geben 1% auf das Sparbuch, ziehen aber 20% ab, wenn man mal sein Konto überzieht! Halsabschneider!, schimpfte Anni in Gedanken, nur 5 Cent, und die Hände hat er sich auch nicht gewaschen. Der dunkle Anzug allein macht's eben noch lange nicht! „Ferkel!", rief sie verärgert.

Aber der Ärger dauerte nicht lange. Ein plötzlicher Tumult auf dem Damenklo verlangte im nächsten Moment ihre ganze Wachsamkeit! Eine Bus-Invasion, wahrscheinlich ein Betriebsausflug! Dem Gejauchze und Gekicher entnahm Anni, dass im Bus die Likörflasche reichlich die Runde gemacht hatte. Wenn sie jetzt nicht höllisch aufpasste, würde es Ärger geben. Also Phase ROT, allerhöchste Alarmstufe! Aus Erfahrung wusste sie, dass sich bei Anlässen dieser Art immer Männer mit reinschmuggelten, wenn es im Rudel auf die Toilette ging. Aber nicht in Annis Etablissement! Hier werden Sitte und Anstand hochgehalten und verteidigt! Ja, wo sind wir denn? Mit aller ihr zur Verfügung stehenden Autorität hängte Anni sich durch die Klappe zur Damenabteilung und hatte auch sofort einen „Illegalen" gestellt: „Hallo, junger Mann, Sie sind verkehrt! Eine Tür weiter, aber ohne die Damen!" Verdattert verließ der Ertappte die Szenerie. Einige Augenblicke später lauschte Anni dem Wohlklang der Münzen in der Opferschale. 18,70 Euro. Weiter so, dachte Anni. „Schönes Wetter morgen, meine Damen!"

„Guten Tag, Herr Basewitz!" Der Stammkunde, der jetzt hereinkam, war Anni besonders ans Herz gewachsen. Er war ein kleiner sensibler Mann mit Baskenmütze, flinken Augen und schlohweißer Künstlermähne. Lange Zeit hatte Anni fast gar nichts von ihm gewusst, doch eines Tages waren die beiden über einen Toilettenpapier-Fehldruck, der an einen Violinschlüssel erinnerte, ins Gespräch gekommen.

Dabei hatte er ganz allmählich Vertrauen zu ihr gefasst und war etwas aufgetaut. Er hatte als ganz junger Mensch schon sehr viel durchmachen müssen, war aufgrund dessen etwas wunderlich geworden und fühlte sich häufig einsam und unverstanden. Wie Anni erfahren hatte, hatte er in den letzten Kriegstagen als Hitlerjunge an der Heimatfront Dienst getan und war bei einem Luftangriff der Alliierten drei Tage lang verschüttet gewesen. Er hatte nur überlebt, weil der Luftschutzwart den Frontbericht hatte hören wollen, und der Volksempfänger im Luftschutzraum wegen einer durchgeschmorten Röhre nicht funktioniert hatte. „Goebbelsschnauze", hatte Herr Basewitz dabei gedankenverloren gesagt, und das war das erste Mal gewesen, dass Anni den Anflug eines kleinen Lächelns auf seinem Gesicht gesehen hatte. Der Luftschutzwart hatte fürchterlich getobt, dann aber hatte jemand von den Anwesenden im Keller gemeldet, dass er in einem der Nachbarräume ein solches Gerät für seine ausgebombte Schwester untergestellt habe. Der Pimpf Basewitz war daraufhin losgeschickt worden, unverzüglich den Volksempfänger aus dem Nachbarkeller zu holen. Er war gerade dabei gewesen, diesen Befehl auszuführen, da war das Haus von einer Luftmine getroffen und total zerstört worden ... Alle Menschen, die mit ihm im Keller gewesen waren, und gerade noch „Bomben auf Engeland" gesungen hatten, um sich gegenseitig Mut zu machen, waren sofort tot gewesen. Wie durch ein Wunder war nur jener winzige Teil des Kellers unversehrt geblieben, in dem er sich befunden hatte, um das Rundfunkgerät zu holen. Nur das hatte ihm tatsächlich sein junges Leben gerettet! Der Heimatsturm hatte ihn nach drei Tagen ausgegraben, drei Tage, in denen die Goebbelsschnauze ununterbrochen

Marschmusik gespielt hatte. Kein Mensch hatte jemals eine Erklärung dafür finden können, wo eigentlich der Strom hergekommen war ... Der Hitlerjunge Basewitz aber war von Stund an nicht mehr derselbe gewesen. Seitdem war er von dem unbändigen Drange beseelt, Märsche zu dirigieren, je lauter desto besser; er konnte nicht mehr anders! „Zwanghaftes Marschdirigierbedürfnis" hatte die lakonische Diagnose des Nervenarztes gelautet, bevor er ihm ein Rezept für eine Flasche Baldriantropfen ausgestellt hatte. Herr Basewitz war ein bedauernswerter Fall geblieben, denn diese Leidenschaft hatte ihm vier Ehescheidungen und neun Wohnungskündigungen eingebracht. Die Lösung, die Anni für ihn gefunden hatte, hatte ihn zutiefst gerührt, weil sie ihm ein relativ normales Leben ermöglichen konnte: Villa Rosa mit ihrer unvergleichlichen sakralen Akustik sollte sein Konzertsaal sein, wann immer es ihn überkommen würde! Seitdem erschien er regelmäßig mit seinem Taktstock aus massiv Deutscher Eiche und schloss sich mit Annis Kassettenrecorder und erlesenen Marschkassetten, die sie laufend für ihn besorgte, in einer der Toilettenkabinen ein, dirigierte und war glücklich ...! Anni hatte sich wieder einmal freuen können, einen Menschen aus der Isolation herausgeführt zu haben. Noch mehr aber erfreute sie sich am Klang der vielen 2-Euro-Stücke, die Herr Basewitz danach geräuschvoll in ihrer Opferschale abzulegen pflegte. Ein Großteil seiner Versehrtenrente landete bei Anni, und so bekam jeder von ihnen die Musik, die er am meisten liebte.

Auch für heute hatte Anni für ihn wieder ganz wunderbare Aufnahmen mit dem Philharmonischen Staatsorchester Berlin unter Leitung von Karajan gefunden, die er dirigieren konnte: „Gruß an Kiel und Alte Kameraden"! Hocherfreut nahm Herr Basewitz den Recorder und die Kassetten entgegen und zog sich damit auf die Toilette zurück.

Inzwischen war es Kaffeezeit geworden. Anni tauschte das Schild „GEÖFFNET" im Fenster gegen das Schild „KOMME GLEICH ZURÜCK" aus. Anni rief: „Bin mal eben einen Moment weg!" in Richtung Herrenabteilung und ging hinaus.

Aus der Herrentoilette hörte man, wie der Taktstock dreimal geschlagen wurde, dann setzte die Musik ein: „Alte Kameraden".

Als Anni mit einem Kuchenpaket zurückkam, lauschte sie Richtung Herrenabteilung. Von dort erklangen gerade die letzten Takte des Marsches „Gruß an Kiel". Sie tauschte die Fensterschilder wieder aus. Wenige Augenblicke später gab ihr Herr Basewitz den Recorder und die Kassetten zurück, und Anni war des Lobes voll für ihn und hob seine zarte und sensible Art des Dirigierens hervor. Der Toiletten-Dirigent war fast ein wenig verlegen, freute sich aber sehr über die gute Kritik an seinem Werk. Für den kommenden Tag kündigte Anni einen ganz besonderen akustischen Leckerbissen an: Den „Radetzky-Marsch" gespielt vom Heeres-Musikkorps Appen-Etz! Täuschte sich Anni, oder bekam Herr Basewitz wirklich feuchte Augen? Auch Anni gingen die Augen fast über, als Herr Basewitz seinen Obolus in die Schale legte. Es war so viel, dass Anni es zuerst gar nicht glauben konnte. Aber da war er auch schon auf dem Wege nach draußen. „Danke und schönes Wetter morgen, Herr Basewitz! Tschü-üs!"

Anni leerte die Opferschale aus, die nun so voll zu werden drohte, dass sie nicht mehr animierte und setzte Kaffeewasser auf. Sie packte den Kuchen aus und legte ihn auf einen Teller. Bester, feinster Zwiebelkuchen, so gut backte nur noch Bäcker Brause in der Nachbarschaft. Hier bekam man noch etwas für sein Geld! Gerade jetzt nach der Umstellung auf den Euro empfand Anni alles noch teurer als ohnehin schon. Sie fand, dass jeder versuchte, den anderen abzuzocken, und wenn sie an die Regierenden dachte, wurde sie erst richtig sauer! Ist doch wahr; die haben sich ihre Diäten schon wieder angehoben, und von uns kleinen Leuten verlangen sie eine Nullrunde! Wäre ja schön, wenn wir auch so viele Nullen in der Lohntüte hätten, wie die ... !

Das Schlagen der Eingangstüre der Damentoilette unterbrach ihre Gedanken und holte sie in den Dienst zurück. Die neue Besucherin war Anita vom Straßenstrich. Sie begrüßten sich herzlich, und Anita stellte ihre grellrote Handtasche auf die Ablage in der Durchreiche. „Na, Anita, Mädel, soll ich wieder was bunkern?", fragte Anni. Die beiden Frauen trafen sich schon seit Jahren in konspirativer Verbundenheit, und dazu war es so gekommen: Nachdem die deutschen Stürme Anita jahrelang unter ihrem kurzen, schwarzen Lackröckchen durchgefegt waren, hatte sie sich mehr und mehr nach einem Lebensabend in der Sonne gesehnt. Sie träumte von einem Handarbeitsgeschäft auf Mallorca, und mit Annis Hilfe würde der Traum irgendwann Gestalt annehmen können. Anitas dämlicher Lude hatte tatsächlich immer noch nicht gerafft, dass seine Schwalbe VILLA ROSA nicht zum Pippimachen aufsuchte, sondern dass sie dort regelmäßig ein gerüttelt Maß ihres Liebeslohnes verschob. Und das war inzwischen ein beachtlicher Batzen Geldes geworden, den Anni, die Klofrau, für Anita beiseite geschafft, verwaltet und recht profitabel angelegt hatte. Allerdings würde das nur noch so lange möglich sein, wie auf dem Straßenstrich die Einführung der Chipkarte noch auf sich warten ließ, und Anita in Ruhe- wie Stoßzeiten ausschließlich Bares nahm. Aber vielleicht reichte die Zeit bis dahin ja noch aus. Anni öffnete die Handtasche und entnahm vier Fünfzig-Euro-Scheine und schob sie sich in den Ausschnitt ihres Kostüms. Hier war das Geld so sicher wie die Kronjuwelen im Tower. Wie immer würde sie Anita die Summe gutschreiben. „Bravo, Mädel, du machst das richtig! Ein schönes kleines Vermögen hast du dir da abgezweigt. Mallorca kommt in Sicht! Nun lauf′ mal los; dann kannst du heute noch einen schaffen! Schönes Wetter morgen, Anita, und tschü-üs!"

Damit begab sich Anita wieder unter die Männer, und Anni freute sich sehr für das gute, fleißige Kind, das für sein neues Leben im Süden so artig die Taler aufeinander legte. Dann begann sie ihren Tisch festlich zu decken, so richtig mit Decke, gutem Porzellan und Kerzen. Sie goss zwei Tassen Kaffee ein und stellte eine davon in die Klappe von der Herrenseite. „Kaffeezeit, Herr Wiese!", rief sie dann hindurch. Einen Augenblick später hatte Herr Wiese den Kaffee abgeholt, um sich gleich darauf wieder seinem Zauberberg zuzuwenden. Anni hatte es sich gemütlich gemacht und Opernmusik aufgelegt. Da jetzt sowieso die meisten Menschen beim Kaffee saßen, war es ruhig in VILLA ROSA geworden. Nur vereinzelte Besucher kamen und gingen. Aber gleich, so in einer halben Stunde, würde es hier noch einmal so richtig rundgehen, wenn sich der Kaffee bemerkbar machte. Das war jeden Tag so. Gerade hatte sie ihren Zwiebelkuchen aufgegessen, als Willi sein „Kuckuck" aus der Uhr rief. Anni blickte zur Uhr: „Zu spät, Willi, jetzt ist der Zwiebelkuchen alle. Hättest dich eher melden müssen. Du weißt ja, wer zu spät kommt, den bestraft das Leben!"

Lange sollte die Ruhe nicht währen, denn die Tür auf der Herrenseite wurde geöffnet. Eine Weile passierte gar nichts, sodass Anni erst einmal besorgt nachsehen musste, wer da eigentlich hereingekommen war. Der Ankömmling war Toni, ebenfalls einer ihrer Spezialkunden und offensichtlich in miserabler Verfassung. Er sah elend aus, hatte eine graue Gesichtsfarbe und zitterte am ganzen Körper. Mit Kennerblick sah Anni, dass Toni etwas brauchte, und zwar gleich! „Mann, Toni, min Jung, wie siehst du denn aus, bist du unter die U-Bahn gekommen?" Toni konnte gar nichts mehr sagen, er hatte sich mit seiner letzten Kraft zu VILLA ROSA geschleppt. Die klapprige, ausgemergelte Figur hatte sich in die Durchreiche gehängt und sah Anni aus tiefen Augenhöhlen heraus an. Der leere Blick war ein einziges Flehen. „Brauchst gar nichts zu sagen, Toni, ich seh´ schon, du warst wieder beim Discount-Dealer, bist fremdgegangen, und jetzt kann Anni sehen, dass du wieder auf die Beine kommst! Hier, trink´ erst mal eine Tasse Kaffee, und ich mache dir dann eine ordentliche Dröhnung." Sie stellte ihm den Kaffee hin, und Toni hatte größte Mühe, die Tasse mit seinen Zitterhänden an den Mund zu führen. Dabei verschwappte er die Hälfte des Kaffees. Anni machte sich derweil an ihren Topfpflanzen zu schaffen; sie suchte nach Blüten und Blättern von bestimmter Größe und Farbe und knipste sie ab, um sie in ihrer alten Kaffeemühle zu zermahlen. „Was sagst du zu den Plastik-Azaleen, die ich in meine Plantage gesteckt habe? Tolle Tarnung, nicht?" Aber Toni hörte gar nicht zu, er war am Ende seiner Kräfte. Hoffnungsvoll und ungeduldig verfolgte er die Prozedur. Anni riss eine Papierserviette in passende Stücke und drehte daraus mit dem Inhalt ihrer Kaffeemühlenschublade zwei Tüten. Tonis Gesichtsausdruck wurde noch gieriger. Anni reichte ihm einen der Joints und gab ihm Feuer. Toni fing an zu husten. „Das ist Qualität, min Jung", sagte Anni und steckte sich den anderen Joint an, „nicht so'n Schiet vom Hauptbahnhof. Da verkaufen sie dir nur Himbeerblätter mit Katzenstreu." Toni hustete stärker. „Nein, bei mir nicht", redete Anni weiter, „nur beste Ware, Marke Eigenbau." Toni hustete weiter und wandte sich zum Gehen. „Ich schreib's auf deinen Deckel, Toni. Und schönes Wetter morgen. Tschü-üs!" Die Tür fiel ins Schloss, und Anni hörte, wie Toni sich röchelnd entfernte.

Sie ging zum Tisch zurück und rauchte noch ein paar Züge, dann hörte sie auf der Damenseite jemanden kommen, gleich darauf ein unverständliches Gebrabbel. Sie sah nach; ein maskierter Besucher hielt mit der einen Hand eine Waffe auf sie gerichtet, mit der anderen schob er ihr einen Zettel durch die Klappe. Aber da war er bei Anni gerade richtig! „Hallo, junger Mann, so nicht! Sie sind verkehrt! Das ist die Damentoilette. Das nehme ich ganz genau, da bin ich sehr empfindlich! Also raus und bei den Herren wieder rein! Männer haben auf dem Damenklo nichts verloren oder zu suchen!" Der Maskierte merkte, dass sie es ernst meinte und verzog sich. Einen Augenblick später tauchte er auf der Herrenseite wieder auf und hielt Anni die Waffe und den Zettel erneut hin. Anni war zufrieden: „Na bitte, geht doch! So ist es richtig. Hier hat alles seine Ordnung." Jetzt konnte Anni sich um den Ankömmling und seine Probleme kümmern. Sie stand auf, um den Zettel zu lesen; es konnte ja sein, dass der Kunde taubstumm war. „Dies ist ein Überfal", las sie laut und korrigierte: „Überfall wird mit zwei ‚L' geschrieben. Verstehen sie, Doppel-‚L' am Ende!" Der Unkenntliche hielt mit zitternder Hand die Waffe auf Anni, die direkt in den Lauf schauen konnte und sofort sah, dass die Waffe sehr ungepflegt war. Die arme Knarre schrie geradezu nach einem Putzlappen. „Die wird gar nicht losgehen, so wie die aussieht! Sehen Sie, total verdreckter Lauf, das Ding wird höchstens nach hinten losgehen. Geben Sie Ihr Schießeisen mal her, ich kümmer´ mich mal drum. Und hier haben Sie einen Stift für ihr zweites „L" am Ende." Noch ehe der verblüffte Pistolenmann reagieren konnte, hatte Anni ihm die Waffe schon abgenommen und bürstete mit einer Flaschenbürste den Lauf sauber. Dann wienerte sie gründlich an der Pistole herum. Unglaublich, wie dreckig der Lappen wurde! „Und geölt ist die auch nicht! Regelmäßiges Einölen ist das A und das O, nur dann bleibt eine Waffe funktionsfähig, haben Sie das nicht gewusst? Sie wollen doch keine Ladehemmung riskieren, oder? Warten Sie, ich habe noch eine Flasche Tiroler Nuss-Öl, das Beste, was es gibt!" Der Typ blieb stumm. Sie ölte die Waffe gründlich ein. „So, und jetzt können Sie auch wieder richtig überfallen." Damit gab sie dem völlig entnervten Vermummten die Pistole zurück. „Wie viele Rollen Klopapier sollen es denn sein? Oder wollen Sie´s nicht doch lieber bei einer vernünftigen Bank versuchen? Wie wär's denn mit der neben der Polizeiwache? Wo wollen Sie den Zaster denn lassen? Warten Sie, ich gebe Ihnen eine Tüte! Sie müssen sich jetzt beeilen, wenn Sie heute noch zur Bank wollen. Es ist gleich vier, sie schließt gleich! Die Straße runter und dann links. Und noch ein Tipp: Nur große Scheine geben lassen. Und nun los!" Der Maskierte verzog sich. „Schönes Wetter, morgen!"

Anni atmete durch und ging zum Fenster, um dem merkwürdigen Besucher hinterherzusehen. Plötzlich wurde sie lebendig, der Typ war offensichtlich in die falsche Richtung gegangen! Anni lief hinaus vor die Tür und rief hinter ihm her: „Links! Ich habe links gesagt! Die rechte ist MEINE Sparkasse, und die brauche ich noch!" Sie überzeugte sich kurz, dass er den Kurs änderte und kam wieder herein. „Anfänger! Dilettant!", ereiferte sie sich laut. „Am besten, man macht alles gleich selbst!"

Plötzliches Sirengengeheul und Schüsse ließen Anni erschrocken aufspringen. Sofort war ihr klar, woher das kam! Wie ein Wiesel reagierte sie mit dem Austauschen der Schilder im Fenster, zog in Windeseile die Gardinen zu, knipste das Licht aus und schloss die Türen ab; so, nun hatte VILLA ROSA nicht nur dicht, sondern war zur Festung geworden! Durch einen Spalt zwischen den geschlossenen Gardinen lugte Anni hinaus, um nur ja nichts zu verpassen. Sie hatte die Sparkasse genau im Auge und konnte sehen, wie der trottelige Gangster mit der vollen Tüte aus dem Haus gerannt kam, direkt auf VILLA ROSA zu! Oh Gott! Die Polizei stürmte gerade in die Bank, so ein Krimi! Just in dem Augenblick, als Anni sich fragte, ob sie wirklich alle Eingänge verrammelt hatte, hämmerte es draußen nacheinander an alle drei Türen. Jetzt bloß nichts verkehrt machen und vor allem: still verhalten und Ruhe bewahren! Anni gab keinen Mucks von sich und dachte nur: „Hau ab, Junge, hau doch ab!", dann schlich sie sich ganz leise, nachdem es an den Türen wieder ruhig geworden war, wieder zu ihrem Ausguck. In diesem Moment sah sie, wie der Bankräuber die Plastiktüte in den Papierkorb auf dem kleinen Rasenstück vor VILLA ROSA steckte. Ein Gefühl der Entrüstung durchfuhr die brave Toilettenfrau: Nichts machte der Kerl richtig, gar nichts aber auch! Nicht einmal Müll trennen konnte der! Warf eine Plastiktüte in einen Papierkorb! PLASTIK !!! Obwohl der Behälter für Plastik daneben stand! Wenigstens machte er sich jetzt vom Acker, nutzte die Unruhe, für die der Polizeieinsatz gesorgt hatte, um zu verschwinden. Erschöpft und erleichtert, aber mit bis zum Halse schlagendem Herzen ließ Anni sich auf ihren Stuhl fallen. Sie brauchte jetzt eine Stärkung: Sie griff sich einen Annis Spezial 75 Umdrehungen und kippte ihn hinunter. Was sollte sie tun? Sollte sie diesen Müllfrevel etwa unbereinigt lassen? Auf gar keinen Fall! Und Anni beeilte sich. Zur Sicherheit zog sie ihre Gummihandschuhe an, entriegelte mit größter Umsicht eine der Türen, öffnete sie und huschte flugs hinaus, nach allen Seiten sichernd. Einen Lidschlag später war sie mit der gleichen Behändigkeit wieder drin! Mit Tüte! Oh Gott-oh Gott-oh Gott! Zusperren, Anni! Nichts als zusperren! Und was jetzt? Sollte sie, oder sollte sie nicht ... ? Sie entschloss sich dafür, das Schicksal entscheiden zu lassen und warf eine Münze aus einem ihrer Opferstöcke in die Höhe. Die Münze sagte: DU SOLLST!

Also schüttelte Anni den Inhalt der Plastiktüte auf den Tisch. Als sie sah, dass es lauter kleine Banknoten waren, konnte sie nicht an sich halten und schimpfte wie ein Rohrspatz. Hatte sie nicht ausdrücklich gesagt, große Scheine? Auch das hatte diese Flasche vermasselt! Sie beschloss, auf ihren Blutdruck zu achten und sich nicht weiter aufzuregen. Die Sore wollte ja auch gezählt sein, und es war gleich Feierabend! Ihre Zählung ergab 5.100,-- Euro, die sie in zwei gleiche Teile teilte. Beim Zählen war ihr auch schon eingefallen, was sie mit dem Geld tun würde. Einen Stapel würde die Heilsarmee bekommen und den anderen der nette Verkäufer von der Obdachlosenzeitung. Eigentlich, so sagte sich Anni, müsste ich das Geld ja zurückgeben. Ehrlich währt am Längsten. Aber die Ehrlichkeit konnte einem schon zu schaffen machen, wenn man an den ganzen Heck-Meck mit der Polizei dachte!

„Was haben Sie gesehen, Anni?"

„Können Sie Angaben zum Tathergang machen, Anni?"

„Zum Täter, Anni?"

„Natürlich, Herr Polizeipräsident, der Täter schreibt ,Überfall' mit einem ,L', und seine Pistole war so verdreckt, dass er damit um die Ecke geschossen hätte."

Dazu hatte sie einfach keinen Nerv. Außerdem machte ihr der Gedanke, das Geld einem guten Zweck zufließen zu lassen, mehr Spaß. Und für die Sparkassen waren das ja sowieso nur „Peanuts", wie ihre speziellen Freunde, die größenwahnsinnigen „Banker" es nannten. Anni verpackte die Geldstapel zu zwei festen kleinen Päckchen und verklebte sie sorgfältig und legte jedes von ihnen in eine Plastiktüte.

Auf einmal fiel ihr ein, dass VILLA ROSA ja noch einen stillen Gast beherbergte, den sie in der Aufregung ganz vergessen hatte! „Herr Wiese? ... Sind Sie noch da, Herr Wiese? Hier ist gleich Feierabend, und Ihre Frau wartet sicher schon mit dem Abendbrot auf Sie. Morgen ist ja auch noch ein Tag!"

Anschließend stopfte sie einen Stoß alter Mittwochszeitungen in die Plastiktüte, um sie beim Weggehen zu entsorgen: Getrennt natürlich: Plastik zu Plastik und Papier zu Papier.

In der Herrendurchreiche erschien Herr Wiese, um Anni den „Zauberberg", die Taschenlampe und das Kissen zurückzugeben. Er war so tief in sein letztes Kapitel versunken gewesen, dass er von den ganzen Turbulenzen um VILLA ROSA herum nicht das Geringste mitbekommen hatte. Sehr zu Annis Beruhigung übrigens. Daran, dass Herr Wiese demonstrativ auch das institutseigene Lesezeichen zurückgab, sah sie, dass dieser wieder einmal ein großes Werk ausgelesen hatte. „Sie haben es geschafft, Herr Wiese. War ja nicht ganz einfach mit dem Zauberberg. Morgen habe ich wieder ein neues Buch für Sie: Das Kapital von Karl Marx!"

Herr Wiese wollte gerade gehen, als Anni ihn noch einmal zurückrief: „Ach, Herr Wiese, eine Bitte habe ich noch an Sie." Damit reichte sie ihm eine der Tüten mit dem Geldpäckchen durch die Klappe: „Sie kommen doch bei dem netten HINZ-und-KUNZT-Verkäufer vorbei, der an der Post, mit dem kleinen, wuscheligen Hund. Geben Sie ihm doch bitte diese Tasche. Danke und schönes Wetter morgen, Herr Wiese!"

Herr Wiese schlurfte nach Hause zu seiner Frau, die sich bestimmt schon wieder eine Reihe von Beschäftigungen für ihn ausgedacht hatte. Anni verwandelte sich wieder zurück von der großen in die kleine Anni, suchte ihre Sachen zusammen, stellte das verbliebene Geld sicher und wollte gerade das Licht ausschalten, als ihr Blick auf die Kuckucksuhr fiel. Sie musste wieder einmal aufgezogen werden. Nachdenklich zog Anni die Gewichtstücke nach oben und meinte fast ein wenig liebevoll zu dem geschlossenen Türchen: „Ist das Leben nicht schön, Willi?", dann drehte sie sich um und knipste das Licht aus. Schon fast an der Tür zum Flur hielt sie kurz inne, lächelte und wandte sie sich nochmals an Willi: „Ach, übrigens, schönes Wetter, morgen!" Summend verließ sie den Raum, und bald darauf war deutlich zu hören, wie sie draußen im Türschloss den großen Schlüssel herumdrehte. Dann entfernten sich ihre Schritte, bis sie sich irgendwo in der Dämmerung verloren.

Sanft senkte sich die Nacht über unser kleines Klohäus-chen im Grünen, auf das aus samtener Bläue nun tausend Sterne herniederfunkelten. Doch ehe gänzliche Stille in VILLA ROSA einzog, meldete sich Willi noch einmal aus seinem Gefängnis im Uhrgehäuse und schrie aus Leibes-kräften sein einsames

„Kuckuck – Kuckuck – Kuckuck – Kuckuck – Kuckuck – Kuckuck ... !"

Ende

VILLA ROSA

Von Hannes Grabau 2003

<u>Ort:</u>
Ein Klohaus im Grünen

<u>Personen:</u> Anni, die Klofrau

<u>Bühnenbild:</u>

Eine gemütlicher Raum. Eingerichtet als Gute Stube. Links und rechts Türen, die in das Damen- und Herren-WC führen. In den Wänden kleine Durchreichen mit Klappen. Ein Fenster mit Pflanzen. Eingangstür in der Mitte des Raumes. Ein Tisch, ein Stuhl, ein Schrank mit Spiegel, Girlande, Kuckucksuhr, Wandbord gefüllt mit Toilettenpapier, Dosen, Flaschen, Seife, Handtücher, Kleinkram, Besen, Kocher, Kaffeefilter und Geschirr.

<u>Kleidung Anni:</u>

Grauer Wollmantel, Filzhut, Schal, Wollsocken über Strumpfhosen, Handtasche, einfaches Kleid, Plastiktaschen, graue Perücke, rosa Kostüm

I. AKT

Es ist früher Morgen. Tageslicht scheint durch die Gardinen. Der Raum liegt im Halbdunkel.
Vorhang auf

<u>Auftritt Anni:</u>

Man hört sie schon von weitem summen. Mit einem Schlüssel öffnet sie die Tür, macht Licht an, öffnet Fenstervorhänge und Schrank. Zieht sich aus. Kittel an. Reißt ein Blatt vom Wandkalender ab.

Anni: Tagesspruch: Morgenstund´ hat Gold im Mund!
    Tagesgericht: Königsberger Klopse, Salzkartoffeln mit Kapernsoße
    Horoskop: Schütze! Meide Wasser, suche Holdes, saufe nie!
    So ein Quatsch, alles Quatsch!
die Kuckucksuhr kräht
    Willi halt die Klappe! Sei froh, dass du noch hier bist, war ne harte Zeit mit dir.
    Hatte große Hände, der Willi. Fuhr als Heizer – auf einem Fischdampfer.
Sie nimmt die Perücke vom Kopf, steckt sie auf den Besenstiel
    Lernte ihn unten am Hafen kennen, den Willi, bei Hermine , so oder ähnlich hieß die Kneipe.
    Willi hatte viel Kraft und immer großen Durst, waren uns sympathisch, der Willi und ich. Haben

bald geheiratet und er hat mir die Kuckucksuhr geschenkt. Zur Hochzeit! Er fuhr zur See und wenn er an Land war flogen die Fetzen. Er war lieber mit seinen Saufkumpanen auf Tour als mit mir! War ein Scheiß-Leben. Im sechsten Monat verlor ich auch noch das Kind. Willi hat es nicht gekümmert, war ihm egal. Dann wurde sein Dampfer verschrottet und Willi stand an Land, ohne Arbeit, ohne Geld, die feuchte Wohnung gab ihm den Rest. Nur ich hoppelte hinter dem einfachen Fichtensarg. War schon eine miese Zeit, Willi!

Sie schaut auf die Uhr

Musst schon entschuldigen, dass ich dich lange nicht besucht habe, aber ich hatte einfach keinen Bock mehr auf dich. Diese verfluchte Uhr hattest du auch noch ins Pfandhaus gebracht. König Alkohol. Hab sie wieder ausgelöst. Kann dir so wenigstens das Maul stopfen.

Anni geht zum Kocher und setzt Wasser auf und schaut durch das Fenster.

Aha, meine Nachbarn werden auch schon munter. Ja, sich regen bringt Segen, sag ich immer. Erwarten heute anscheinend viele Gäste. Vielleicht eine Hochzeit oder ein Firmenjubiläum. Nur keine Beerdigung, sind schlecht für mein Geschäft!

Anni macht die Wassereimer zurecht, streift gelbe Gummihandschuhe über, steigt in weiße Gummistiefel. Verteilt grüne Seife und heißes Wasser und geht feudelschwingend ins Damen-WC.

Anni singt: „Am Brunnen vor dem Tore" und „Mariechen saß weinend im Garten". Dabei betätigt sie immer wieder die Klospülung. Sie kommt in den Raum zurück, streift die gelben Handschuhe ab und die blauen über, und verschwindet im Herren-WC. Es rauscht, plätschert und Anni singt im Brüllton: „Wir lagen vor Madagaskar" und „Das schmeißt doch einen Seemann nicht gleich um ...". Dabei pfeift ständig der Wasserkessel. Sie kommt zurück, streift die Handschuhe ab und brüht Kaffee auf, setzt sich an den Tisch.

So, Fofftein, echter Bohnenkaffee muss schon sein. Aus Eriks Kaffeefilter. Ach Erik! Meine erste große Liebe warst nur du allein! Mein kleiner Student. Waren ein paar glückliche Jahre mit dir. Waren verlobt, der Eltern wegen! Ich war holde siebzehn, der Erik zweiundzwanzig Jahre. Wir hausten in einer kleinen Bude, unterm Dach, mit Ofenheizung und Klo auf halber Treppe. Die Winter waren so lausig kalt, dass sogar die WC-Spülung einfror und die Fensterscheiben waren mit Eisblumen bedeckt. Hauchte für Erik morgens immer ein Herz ins Fenster. Er stand dann auf, machte Feuer im Ofen, kochte Wasser und brühte mir Filterkaffee auf. Im Sommer gings nach Frankreich, an den Atlantik. Ja wir liebten uns, genossen das Leben in vollen Zügen. Ging morgens immer zum Schwimmen, der Erik.

Eines Morgens kam er nicht wieder. Fischer fanden ihn Tage später am Strand. Ertrunken. War als würde der Himmel auf mich stürzen und mich mit ihm begraben. Hat noch Jahre gedauert, bis ich kapierte, dass er nicht mehr zurückkommt.

Tja, fing das Saufen an und trieb mich herum. Später lief mir dann Willi über den Weg. Der Willi, mit den verdammt großen

Händen, die so rau waren wie zehn Tagen alte Rundstücke.

Anni steht auf, geht zum Regal und holt sich eine Dose.

Original Panzerplatte, hart wie Granit. Gebäck von nebenan, brachte der Koch vorbei. Netter Kerl. Na, denen ist beim Backen bestimmt ein Sack Zement in den Teig gefallen. Hat schon einen merkwürdigen Geschmack, schmeckt irgendwie nach zu viel ... aber was zu viel??? Na kein Wunder, dass der Laden seine Sternchen wieder abgeben musste. Ich werde mir diese seltsamen Zimtsterne an mein Klo nageln. Anni's Fünf-Sterne-Klohaus. Wenn das mal nichts ist! Hier residiert Anni. Der Tempel für Kultur und Notdurft, Begegnungsstätte der Lust und Bildung. Hilfe in allen Lebenslagen. Anni macht funny!

Anni geht zum Fenster

Vielleicht sollte ich bei denen mal Mittag machen? Na, dafür fehlt mir wohl das nötige Kleingeld und die passende Garderobe. Wenn ich mir die da drüben so beguckte – nee ich weiß nicht. Die langweiligen Kellner, schwänzeln nur so um ihr Gäste herum, dieses aufgesetzte Grinsen des Oberkellners und dazu nur halb volle Teller. Nee, das ist nichts

für Anni. Satt werden muss man schon für so viel Geld. Ich denke mir, umso teurer diese Edelschuppen sind, desto weniger landet auf den Tellern.
Aha, der Graumann ist auch schon wieder da. Mit einer jungen Mieze, blond. Schäkert und raspelt Süßholz wie ein Backfisch.
Dabei ist seine Frau so nett. Je oller je doller. Nur nicht mit der eigenen. Wenn die dabei ist herrscht Funkstille. Kein Wort wechseln die miteinander,
Die Herrschaften am Fenster wollen zahlen. Am Mienenspiel des Kellners sehe ich immer, ob das Trinkgeld gut oder schlecht ist. Ja das mit dem Trinkgeld ist schon eine wichtige Sache.
Anni geht zum Schrank, öffnet die Tür, holt das rosa Kostüm mit der schwarzen Borde raus. Sie beginnt sich umzuziehen, verdeckt durch die Schranktür.
Model St. Monica. Paris. War nicht ganz billig. Als ich die Kuckucksuhr ausgelöst habe, ist es mir gleich ins Auge gestochen. Habe mir das Geld geliehen und sofort zugeschlagen.
So was kriegt man nicht alle Tage. Jahrelang habe ich von so einem schönen Kleid geträumt. Model St. Monica.
Anni kommt hinter der Schranktür hervor.
Die Schneiderin musste noch ein bisschen nachbessern. Sitzt phantastisch, fühle mich einfach wunderbar.

Anni legt noch Schminke auf und stülpt sich die Perücke über.

Ach herrje, es ist schon gleich acht Uhr. Die Zeit drängt. Gleich kommen die ersten Kunden. Aber vor acht ist nichts drin, da bin ich eisern. Habe meine Vorschriften!

Anni geht zum Schrank und holt zwei Schalen, putzt sie blank und stellt sie in die WC Klappen.

Zwei Opferschalen. Wenn das Geld in der Schale klingt, Annis Herz in der Bluse springt. Frei nach Martin Luther. Deshalb mache ich auch immer den Münztest! Diese Schalen haben den Klang einer Stimmgabel. Zum Beispiel ein Euro oder das fünfzig Cent-Stück.

Sie schmeißt nacheinander das Geld in die Schalen.

Nun das zwanzig Cent-Stück und der kleine Zehner. Das am Klang zu unterscheiden ist eine Wissenschaft für sich. Die Umstellung von der DM war nicht einfach, musste mich erst daran gewöhnen. Gibt auch oft Probleme mit den Fremdfirmen aus dem Osten. Mit Rubel, Zloty und Unterlegscheiben.

Da muss man verdammt aufpassen. Die 22 mm Unterlegscheibe hat die Größe vom Ein-Euro-Stück und passt in jeden Einkaufswagen von Aldi oder Lidl. Die ist wertvoll.

Anni hängt ins Fenster Schilder.

Im Winter sind zwei Schilder ins Fenster zu hängen.

1. Geöffnet
2. Tür zu. Es wird geheizt
Nun kann die Kundschaft kommen.
Sie geht zum Tisch und setzt sich.

> Ist der erste Kunde eine Dame oder ein Herr? Ist es eine Dame, stifte ich einen Teil der heutigen Einnahmen der Heilsarme, ist es ein Herr, bekommt der Hinz und Kunzt-Verkäufer einen Teil ab.

Starkes Klopfen an der Tür ist zu hören. Ein Bündel Zeitungen wird hereingeworfen.

> **Das Mittwochsblatt. Das Penny und Aldi Kulturmagazin. Diese Lektüre erhält die Kundschaft immer erst nach der Sitzung. Sonst kommen die nicht vom Topf.**

Auf dem Herren WC tut sich etwas.

> **Also Herren. Gleich zwei.**

Anni Laut:

> **Ein Mann pro Tür, sonst raus. Ich halte meinen Laden sauber.**

Man hört die Türen einzeln schließen.

> **Sind getrennt gegangen.**

Die Spülkästen werden einzeln gezogen.

> **Die Spülkästen geben nur einmal Wasser pro WC. Wollen mal sehen, aus welcher Kinderstube die Jungs kommen.**

Wasser läuft, waschen sich die Hände.

> **Gute Jungs, wissen was sich gehört. Jetzt wird's spannend!**

Anni dreht ihre Ohren Richtung Männer-WC

> **20 Cent, 10 Cent, 50 Cent. Nicht schlecht, Frau Specht. Schönes Wetter morgen!**

Anni holt das Geld aus der Schale, legt es in eine kleine Kassette. Man hört das Schaben eines Handstockes.

Guten Morgen, Herr Wiese. Sie sind spät dran heute.

Anni reicht ein Buch, ein Kissen und eine Taschenlampe durch die Klappe.

Letzte Tür links. Und viel Vergnügen beim Lesen, Herr Wiese. Stammkunde. Heute kommt das letzte Kapitel. Zauberberg von Thomas Mann. Hat zu Hause keine Ruhe mit seiner zappeligen Frau. Hier findet er seine Ruhe und Muse.

Es tut sich etwas auf der Damenseite. Rote Handschuhe werden in der Klappe sichtbar.

Guten Morgen, gnädige Frau. Einmal wie immer.

Anni holt aus dem Regal eine Rolle Toilettenpapier

600er de Luxe. Vierlagig. So zart wie ein Kinderpopo.

Kommt aus Frankreich.

Zum Publikum

Eigentlich von Penny, war im Angebot.

Viel Erfolg, meine Dame. Ja hier lagern die feinsten und härtesten Papiere im Regal. Das 100er, 200er, 400er und 600er der Luxe, 1-4 lagig! Das graue Schleifpapier für Seeleute und Elefanten, für die Herrenabteilung die bunten Megasmarties mit 5 Duftnoten, von Russendiesel und Latschenkiefer bis Wienerwald. Die Düfte der großen, weiten Welt. Ja, Anni macht funny.

Auf der Herrenseite werden 3 Euro in die Schale gelegt.

Herr Schwanenbeck, schon so früh munter?

Anni stellt eine kleine Schnapsflasche in die Klappe.

**Hier, Ihre Medizin. Anni´s Wundertropfen. 55%
Feuerwasser, brennt wie Hölle. Ein Schluck zum
Gurgeln und das andere zum Einreiben. Schönes
Wetter morgen, Herr Schwanenbeck.**

Geht ab

Geht ja gut los heute.

Auf der Damenseite fummelt jemand nervös herum

**Na, mein Mädel. Bist wieder fällig. Wenn man
nicht an alles denkt. Aber zum Glück gibt es ja
noch die Anni.**

Zum Publikum

Das Stubenmädchen von nebenan.

Anni reicht etwas durch die Klappe

**Ist schon gut, mein Kind. Steck weg. Schönes Wet-
ter morgen.**

Die roten Handschuhe kommen mit der Klopapierrolle
zurück

**Erfolg gehabt, gnädige Frau? Ja, dieses Papier ist der
Maybach unter den Toilettenpapieren.**

Anni stellt die Rolle zurück. Eine Münze klingt in der
Schale.

**Bingo! Zwei Euro. Schönes Wetter morgen, meine
Dame.**

Auf der Herrentoilette wird die Spülung gezogen und Geld
in die Schale gelegt.

**Na, das mag ich leiden. Einer von der ganz schnel-
len Truppe. Bestimmt ein Banker. Nur 5 Cent. Die
haben immer Stacheldraht in den Taschen. Geben
1 % auf dem Sparbuch, aber ziehen 20 % ab, wenn**

überzogen wird. Halsabschneider. Die Hände hat er sich auch nicht gewaschen. Ferkel.

Auf der Damenseite wird es sehr laut.

Allerhöchste Alarmstufe. Ich sage nur eins: Betriebsausflug! Da mogeln sich immer Kerle unter, wenn die Damen im Rudel auf's Klo zusteuern. Aber nicht bei mir. Hier herrschen Sitte und Anstand. Mir bezahlt keiner die kaputten Klodeckel.

Nur nicht drängeln, meine Damen! Jede kommt dran.

He, he, Sie da, junger Mann! Verkehrt! Andere Seite!

Ohne Dame!

Es wird ständig Geld in die Schalen geworfen, Anni zählt mit.

18,70 – Nicht übel! Schönes Wetter morgen. Und Tschüss!

Durch die Herrenklappe wird ein Taktstock geschwungen.

Herr Basewitz! Wieder zurück von der Gastspielreise. Ich habe eine wunderbare Aufnahme für Sie gefunden.

Zum Publikum

Er liebt Marschmusik. Herbert Karajan und das philharmonische Staatsorchester Berlin. Großartig. Die alten Kameraden und Gruß an Kiel. Ein Genuss für Herz und Ohren. Das müssen Sie heute unbedingt dirigieren! Sie werden begeistert sein!

Anni reicht Recorder und Kassette durch die Klappe

Und klappen Sie den Deckel runter! Wäre schade um die schönen Lackschuhe.

Anni tauscht die Schilder im Fenster aus, von GEÖFFNET auf KOMME SOFORT ZURÜCK.

Hole mal eben ein Stück Zwiebelkuchen von nebenan.

Anni geht ab, der Taktstock wird 3x geschlagen und die Marschmusik setzt ein. Vorhang

PAUSE

<u>II Akt</u>

Vorhang auf

Laute Marschmusik, Auftritt Anni, sie tauscht die Schilder wieder auf GEÖFFNET

Feinster Zwiebelkuchen. (laut) **Guter Zwiebelkuchen.**

Die Marschmusik aus. Recorder und Kassette werden durch die Klappe gereicht.

War ein super Konzert, Herr Basewitz. Bravo, Bravo, Bravissimo. So zart und gefühlvoll. Morgen habe ich ein absolutes Hörwunder für Sie. Ich sage nur: Radetzky Marsch! Vom Heeres Musikkorps Appen-Etz!

Geld wird in die Schale gelegt.

So viel!! Schönes Wetter morgen, Herr Basewitz. Tschüss!

Anni streicht das Geld ein und setzt wieder Wasser auf. Auf der Damenseite wird eine Handtasche in die Klappe gestellt.

Na, Anita, soll ich wieder was bunkern?

Sie nimmt die Tasche, stellt sie auf den Tisch und entnimmt 4 x 50 Euro

Hier ist dein Geld so sicher wie im Tower die Kronjuwelen. Ich sag immer: Spare in der Zeit, so hast du in der Not. Sollte sich dein Lude, dieses Liebchen, auch mal zu Herzen nehmen. Die 2 Riesen schreibe ich dir gut. Sind so sicher wie bei der Bank von England.

Sie schiebt das Geld in ihren Ausschnitt.

Hast dir ja schon ein richtig kleines Vermögen abgezweigt.

Stellt die Tasche zurück in die Klappe

Schönes Wetter morgen und tschüss, Anita!

Anni deckt den Tisch festlich ein. Gießt Kaffee in zwei Tassen und stellt eine in die Klappe der Herrenseite.

Herr Wiese, Kaffeezeit!

Die Tasse wird kurz danach abgeholt. Anni setzt sich, legt Opernmusik auf und beginnt zu essen. Die Kundschaft kommt und geht. Anni bedankt sich immer mit SCHÖNES WETTER MORGEN, der Kuckuck kräht

Tja, wer zu spät kommt, den bestraft das Leben. Nun ist der Kuchen gegessen. Da hättest du dich eher melden müssen, Willi.

Zwei zitternde Hände kommen durch die Herrenklappe.

Um Himmels willen, Toni! Du bist aber schlecht zu Wege. Hier trink erst mal eine Tasse Kaffee und ich mache dir dann eine ordentliche Dröhnung.

Anni geht zum Fenster und streicht von ihren Pflanzen Blätter und mahlt sie in der Kaffeemühle durch. Baut zwei Tüten und langt eine durch die Klappe und gibt Toni Feuer.

Das ist Qualität, min Jung.

Anni steckt sich auch einen Joint an

Annis Traum! Nicht so ein Schit vom Bahnhof. Dort verkaufen sie nur Himbeerblätter mit Katzenstreu. Nee, bei mir nicht. Beste Ware, Marke Eigenbau!

Annis Traum!

Anni macht funny!

Toni geht und hustet viel. Anni setzt sich zurück an den Tisch und qualmt. Auf der Damenseite wird ein Zettel durch die Klappe geschoben. Eine Pistole zielt auf Anni.

Hallo, hallo, junger Mann. So nicht! Sie sind verkehrt. Das ist die Damentoilette. Das nehme ich ganz genau, da bin ich ganz empfindlich.

Also raus und bei den Herren wieder rein! Männer haben auf dem Damenklo nichts verloren oder zu suchen.

Waffe und Zettel verschwinden, kommen kurze Zeit später auf der Herrenseite hervor.

Na, geht doch! So ist es richtig. Hier hat alles seine Ordnung.

Anni steht auf und schaut sich den Zettel an. Liest laut vor.

Dies ist ein Überfal. Hören Sie mal gut zu, junger Mann. Überfall wird mit zwei l geschrieben. Verstehen sie! Ll – ll am Ende.

Anni schaut sich die Pistole an.

Und im Übrigen wird Ihr Ballermann gar nicht erst losgehen. Total verdreckter Lauf. Das Ding geht höchstens nach hinten los. Nun geben Sie Ihr Schießeisen mal her. Und hier ist ein Stift für das LL am Ende.

Anni gibt Stift und nimmt Pistole, sie schaut durch den Lauf und holt eine Flaschenbürste und reinigt die Pistole

Merken Sie sich eins: So eine Bleispritze muss immer sauber sein. Gut geölt, am Besten mit Tiroler Nussöl, ein Tropfen wirkt Wunder. Kleiner Tipp: Wenn Sie schon jemanden überfallen wollen, dann nicht so ein kleines Klohäuschen im Grünen. Versuchen Sie es lieber bei einer ordentlichen Bank, vielleicht die neben der Polizeiwache.

Anni gibt die gereinigte und geölte Pistole durch die Klappe zurück.

Es ist schon gleich vier. Die Bank schließt gleich, nun gehen Sie schon die Straße runter, dann links. Noch ein Tipp: Lassen Sie sich nur große Schein geben. Schönes Wetter morgen.

Leise

Herr Überfall mit einem L, na solche Früchtchen haben wir gerne.

Anni geht zum Fenster und schaut hinterher.

Das darf doch nicht wahr sein!

Hallo, hallo, junger Mann!

Anni läuft raus

Ich habe links gesagt, rechts geht es zu meiner Sparkasse, die brauche ich noch.

Anni kommt zurück und schließt die Tür.

**Anfänger, Dilettant! Am Besten, man macht alles
gleich selbst.**

**Herr Wiese, sind Sie noch da? Es ist gleich Feiera-
bend hier. Ihre Frau wartet mit dem Abendbrot auf
Sie. Morgen ist auch noch ein Tag.**

Auf der Damenseite wird Geld in die Schale geworfen.
Plötzlich Sirenengeheul und Schüsse.

**Jetzt wird's spannend. Licht aus. Schild raus. Schild
rein. Geschlossen. Vorhang zu. Nun läuft der Kerl
mit einem l aus der Bank. Was macht der denn
jetzt? Rennt mit seiner Plastiktüte direkt auf VILLA
ROSA zu. Die Polizei ist in der Bank. Alle Schotten
dicht. Anni, bleib ganz ruhig. Bloß keine Panik.**

Es klopft und hämmert an der Tür

**Alles in Ordnung, mein Junge. Hau schon ab. Hier
ist Feierabend. Na sieh mal an – der steckt die Plastiktüte in meinen Papierkorb.**

**Kann der denn nicht lesen: Hier bei mir wird der
Müll getrennt.**

**Plastik zu Plastik, Papier zu Papier. Ist das denn so
schwer zu begreifen.**

Na endlich, er haut ab. Gott sei Dank!

Anni lässt sich erschöpft auf einen Stuhl fallen. Nach einer
Weile geht sie zur Tür und öffnet sie vorsichtig und holt
die Plastiktüte herein, legt sie auf den Tisch, betrachtet sie
eine lange Zeit.

Soll ich, soll ich nicht?

Sie wirft ein Geldstück in die Höhe

Ich soll! Dann aber schnell.

Anni schüttet die Tüte auf dem Tisch aus, lauter kleine Scheine

Dieser Trottel. Da haben wir den Salat. Dieser Dussel hat sich nur kleine Scheine andrehen lassen. Na egal. Knete ist Knete.

Kleinvieh macht auch Mist.

Anni ordnet die Scheine und mach zwei Stapel.

Das ist für die Heilsarmee und das für den netten Verkäufer von der Obdachlosenzeitung.

Anni zieht sich um.

Eigentlich müsste ich das Geld ja zurückgeben. Ehrlich währt am längsten! Aber dann der ganze Ärger mit der Polizei:

„Was haben Sie gesehen, Anni? Können Sie Angaben zum Täter machen, Anni?"

Natürlich Herr Wachtmeister! Der Täter schreibt das Wort Überfall mit einem L und sein Ballermann war so verdreckt, damit hätte er glatt um die Ecken geschossen!

Also Anni, Klappe halten und das Geld verschenken! Sind für die Bank eh nur Peanuts!

Herr Wiese! Feierabend! Kommen Sie!

Anni packt das Geld in zwei Teilen ein. Holt die Schalen aus der Klappe. Herr Wiese gibt das Buch, Kissen und die Taschenlampe zurück und ein Lesezeichen.

Ah, Sie haben es geschafft, Herr Wiese. War ja nicht ganz einfach mit dem Zauberberg. Morgen gibt es das neue Buch – DAS KAPITAL von Karl Marx.

Ach, Herr Wiese, eine Bitte habe ich an Sie.

Anni langt die Plastiktüte durch die Klappe.

Sie kommen doch bei dem netten Hinz-und-Kunzt-Verkäufer vorbei, Sie wissen schon, der mit dem Hund, vor der Post. Geben Sie ihm doch diese Tasche. Schönes Wetter morgen, Herr Wiese.

Herr Wiese geht schlurfend ab. Anni sucht ihre Sachen zusammen, packt das Geld ein und zieht die Uhr auf.

Ist das Leben nicht schön, Willi.

Anni macht das Licht aus

Ach übrigens, schönes Wetter morgen.

Anni geht ab mit Summen

Der Kuckuck schreit

Vorhang

ENDE